로크미디어가
유혹하는
재미있는 세상

ROK
MEDIA
로크미디어

황태자는
은퇴가 하고
싶습니다

황태자는 은퇴가 하고 싶습니다 7

2022년 12월 12일 초판 1쇄 인쇄
2022년 12월 15일 초판 1쇄 발행

지은이 로튼애플
발행인 김정수 강준규

기획 이기헌 왕소현 박경무 강민구 조익현
책임편집 금선정
마케팅지원 이원선

발행처 (주)로크미디어
출판등록 2003년 3월 24일
주소 서울시 마포구 마포대로 45 일진빌딩 6층
Tel (02)3273-5135 Fax (02)3273-5134
홈페이지 rokmedia.com E-mail rokmedia@empas.com

값 9,000원

ISBN 979-11-354-8013-3 (7권)
ISBN 979-11-354-8005-8 04810 (세트)

황태자는 은퇴가 하고 싶습니다

.튼애플 퓨전 판타지 장편소설 싶습니다

Contents

전쟁은 모르겠고 일단 낚아 보자

동북부에서 마족과 로만이 충돌한 이후, 서로 짜기라도 한 듯 북부에 있던 마족들의 대군과 로만의 전 병력이 동진했다.

마치 이그니트가 오기 전에 먼저 선점이라도 하려는 것처럼 서두르는 모습이었다.

로만의 주요 물자들이 전부 동쪽으로 이동했고, 수많은 사람들이 동쪽으로 이동했다.

마족들 역시 마찬가지였다.

그들이 가장 중요하게 생각하는 게이트조차 2순위로 밀어 버릴 만큼 동쪽에 모든 힘을 쏟아 냈다.

마족과 로만 둘 중 하나가 결판나기 전까진 후방은 취약할 수밖에 없었다.

그리고 이그니트는 이 빈틈을 놓치지 않았다.

"빈집털이도 못 하면 제국이란 이름이 아깝겠지?"

카리엘의 물음에 곁에 있던 아켈리오와 타리온이 고개를 숙였다.

주력군이 빠진 로만의 수도에 마스터까지 움직일 필요도 없었다.

카리엘은 로만의 수도를 점령하면서 발전한 제국의 무기를 점검하기를 원했고, 그것은 새로이 동대륙 총사령관이 된 로칸 바르사유 역시 마찬가지였다.

"시작해라."

로칸 바르사유의 명령에 모든 지휘관들이 일제히 움직였다.

가장 먼저 움직인 것은 비공선들이었다.

거대한 비공선들이 하늘을 뒤덮고 그 안에서 마력을 동력으로 하는 작은 비행기들이 쏟아져 나왔다.

그러자 로만도 곧바로 대응했다.

그들도 바보가 아닌 이상에야 언제까지고 발전이 멈춰 있을 리 없었다.

"전 세대 버전인가?"

"그런 듯싶습니다."

카리엘의 물음에 타리온이 고개를 끄덕이며 답했다.

이그니트의 초기 버전보다 약간 발전된 형태의 비공선들.

로만의 진영에서 그것들이 수백 기나 떠오르며 진격해 오는 이그니트의 공군에 대항했다.

동시에 수도 전체에서 불타는 날개를 가진 괴물들이 상공으로 튀어 올라왔다.

"예상외로 준비가 철저하군."

카리엘이 의아하다는 표정을 지어 보였다.

주력군을 비롯한 대부분의 인원들을 동쪽으로 이동시킨 시점에서 수도를 버렸을 거라 판단했기 때문이다.

그도 그럴 것이 현재 로만의 수도는 이그니트와 남부연합군에 포위된 형태였다.

게다가 마족들 역시 이제는 명백한 적.

그렇기에 오랫동안 로만의 중심으로 자리했던 수도를 버리고 산드리아 쪽으로 이동한 것이라 판단했다.

"2단계 작전을 시작하라."

예상외로 강력하게 저항하는 로만의 군대를 보면서 로칸이 다음 명령을 내렸다.

그러자 이그니트 진형에서 포격이 시작되었다.

하지만 로만 측에서도 포격이 시작되면서 로만의 수도로 접근하는 병력을 차단하려 했다.

"마도포도 비공선도, 무기도 모두 이그니트보다 달릴 텐데 잘 버티는군."

로만의 무기는 이그니트보다 몇 세대는 뒤처진 물건이 많았다.

그럼에도 불구하고 로칸의 파상 공세를 꿋꿋하게 버텨 냈다.

그것을 보면서 옆에 있던 로칸이 입술을 깨물며 말했다.

"수도에 에쉬타르가 남은 것 같습니다."

"로만의 총사령관이 남았다라⋯⋯."

이그니트에 로칸이 있다면 로만엔 에쉬타르가 있을 정도로 유명한 명장.

그런 그가 직접 수도에 남아 진두지휘하며 버텨 내고 있었다.

하지만 그것도 한계가 있었다.

압도적인 병력으로 쉴 새 없이 몰아붙이는 로칸의 공격에 조금씩 전선이 밀려나면서 수도 근방에 위치한 요새들이 하나둘 함락되기 시작한 것이다.

"생각보다 더 방어가 단단하군."

"송구합니다."

카리엘이 질책하는 줄 알고 고개를 숙이는 로칸.

그런 그의 모습에 카리엘이 고개를 저었다.

"탓하는 게 아니야."

그렇게 말한 카리엘이 저 멀리 보이는 로만의 수도를 바라보았다.

"총사령관은 충분히 잘해 주고 있어. 그저 상대가 그것 이상으로 잘 버텨 내고 있을 뿐."

그렇게 말한 카리엘이 로칸을 바라보았다.

"마스터들을 전부 투입했으면 얼마나 걸렸을까?"

"지금 단계에선 알 수 없습니다."

그렇게 답한 로칸이 로만의 수도를 바라보았다.

"저 안에 뭐가 있느냐에 따라 달라질 것입니다. 다만……
최소 일주일 이상은 붙잡혔을 거라 판단됩니다."

"지금처럼 여유롭게 공략하지 않았을 테니 피해는 더 컸겠
지?"

"그럴 것입니다."

"그러면 대군이 부상자들 때문에 질질 끌렸겠군."

카리엘의 물음에 로칸이 말없이 고개를 숙였다.

로만의 작전은 간단했다.

최대한 이그니트의 발목을 붙잡고 늘어져 시간을 버는 것
이다.

바로 이 점 때문에 카리엘은 마스터들이 이끄는 별동대를
따로 빼서 운용했다.

남부 왕국 출신의 마스터들과 옛 성국의 마스터인 교황과
태양검을 한데 묶어서 먼저 동부로 보냈다.

빠른 동진으로 먼저 출발한 남부 연합군과 합류하기를 바
란 것이다.

전부 최정예로 이루어진 별동대가 남부 연합군과 합류해 로만의 주력군을 공략하게끔 했으니 이그니트 입장에선 급할 게 없었다.

　그러는 동안 후방 쪽도 가만있지 않았다.

　데이비어 공작과 시카리오 후작은 북부에 있는 마계의 게이트를 처리하게끔 명했기 때문이다.

　"선봉대를 보내고 후방의 안전까지 도모했어. 그러니 급할 게 없다."

　그렇게 말한 카리엘이 로칸 바르사유를 향해 명령을 내렸다.

　"급하게 갈 필요는 없으니 신무기들을 점검하고 최대한 피해를 줄여. 빠르게 치고 나가는 건 저곳을 점령한 이후에도 충분하니까."

　"예, 폐하."

　최대한 피해 없이 로만의 수도를 짓밟으라는 명령을 내리고는 타리온과 함께 지휘소를 빠져나왔다.

　"북동부 상황은?"

　"아직까진 큰 전투는 없었습니다. 다만 로만과 마족 모두 조금씩 한군데로 군대를 모으고 있습니다."

　"찾은 건가?"

　그렇게 말한 카리엘이 굳은 표정으로 타리온을 바라보았다.

"아직 정확히 찾은 것 같지는 않습니다."

"위치는?"

"검은 협곡입니다."

타리온의 보고에 카리엘이 생각에 잠겼다.

이미 수차례 보고를 받은 것처럼 죽음의 땅은 굉장히 넓었다.

게다가 옛 신화시대의 흔적들 역시 동대륙에서 가장 많이 가지고 있었다.

지옥문이 잠들어 있을 만한 수많은 흔적들 중 검은 협곡으로 몰린다는 것은 그 부근에 지옥문이 잠들어 있을 확률이 높다는 뜻이었다.

"아직 못 찾았다면 낚을 시간은 충분한 것 같네."

그렇게 중얼거린 카리엘이 미소를 지으면서 타리온을 바라보았다.

"낚시 작전 1단계. 시작하라고 전해."

"예!"

카리엘의 명령에 고개를 숙이고 사라지는 타리온.

그런 그를 바라보던 카리엘이 아켈리오 쪽으로 고개를 돌렸다.

"슬슬 내가 움직일 타이밍을 잡아야 할 것 같은데."

"……준비시키겠습니다."

아켈리오의 말에 고개를 끄덕인 카리엘이 조용히 화기를

끌어 올렸다.

그러자 카리엘의 주변으로 작은 불덩이들이 떠올랐다.

퐁! 퐁! 퐁!

앙증맞은 팔과 큰 눈을 가진 불덩이들이 카리엘을 바라보았다.

"슬슬 날뛸 시간이야. 준비됐어?"

카리엘의 물음에 세 불덩이들이 고개를 끄덕였다.

"최대한 날뛰어 줘야 해."

카리엘의 말에 세 불덩이들이 고개를 끄덕였다.

그것만큼은 확실히 자신 있다는 듯 자신감을 보이는 불덩이들을 보면서 카리엘이 진한 미소를 지었다.

"자! 그럼 대어를 낚아 보자고."

그렇게 중얼거린 카리엘이 저 멀리 보이는 로만의 수도를 바라보았다.

카리엘의 작전은 간단했다.

로만과 마족들에게 이그니트가 천천히 진군하면서 산드리아와 동북부를 제외한 모든 영토를 먹어치우면서 올 것이라는 믿음을 주는 것.

그러기 위해서 카리엘은 별동대들에게 몇 가지 주문을 했다.

1. 점령지를 안정화시키면서 진격할 것.

마계 게이트를 부숴 버리기 위해 출불한 별동대는 물론이고, 남부 연합군과 합류하라고 보낸 선봉군 역시 점령지들을 확실하게 컨트롤하면서 진격했다.

그 때문인지 먼저 출발한 것치고 진격 속도는 늦었다.

하지만 이것만으로는 로만과 마족들을 안심시키는 어렵다.

2. 마족과 로만이 양패구상하기를 바라는 것처럼 연기하기.

이를 위해서 인류연맹의 다른 국가들까지 속였다.

-마족들과 로만이 전쟁을 시작하기 전까지 움직이지 마시오.

카리엘이 직접 타 국가들에 부탁한 제안.

일부러 각국의 핵심 수뇌부에게만 전달한 것이지만, 어딜 가나 배신자는 있기 마련.

각국의 수장들만이 아니고, 지휘관들에게까지 전달한 내용이기에 로만에 이 정보가 들어가기엔 충분했다.

하지만 의심 많은 로만의 황제라면 이것만으로는 낚이지 않을 것이다.

3. 북동부 근방에 요새를 만들기.

선봉군과 남부 연합군이 도착하는 즉시 방어선을 만들고 요새를 만들 것이다.

동시에 산드리아의 사막 지역도 돌파할 것이다.

로만과 마족들을 북동부에 몰아넣기 위한 큰 그림을 그리는 것처럼 연기하는 것.

이것이 이 작전의 핵심이었다.

물론 의심이 많은 자라면 이래도 의심할 것이다.

그런 그들을 현혹하기 위해서 마계 게이트를 점령한 별동대들을 북동부로 빠르게 이동시킬 것이다.

마치 별동대들이 양패구상을 한 마족과 로만의 빈틈을 노릴 것처럼 보이게 만들 것이다.

그렇다면 카리엘이 진짜 원하는 것은 무엇일까?

간단했다.

"로만의 수도를 점령하는 순간 빠르게 진격한다."

로만의 수도에서 북동부까지 단숨에 치고나갈 것이다.

그러기 위해 모든 힘을 보여 줄 필요는 없었다.

이그니트가 준비한 '진짜 전력'은 숨긴 채 로만의 수도를 점령할 테니까.

그리고 그 순간, 로만이 준비한 방어선을 진짜 전력으로 격파하면서 빠르게 북동부로 향할 생각이었다.

핵심은 바로 타이밍.

이그니트의 주력군이 늦게 올 것을 생각하며 저들이 전력으로 부딪치며 빠르게 결판을 내려 하는 그때.

주력군이 북동부에 도착해 양쪽 군대를 한 번에 쓸어 버리는 것!

그것이 카리엘이 그리는 그림이었다.

"그러기 위해선 로만의 수도를 점령하는 과정에서 이그니트가 전력을 쏟아붓는 것처럼 연기를 해야겠지."

그렇게 중얼거린 카리엘이 로만의 수도를 지휘하고 있을 에쉬타르를 떠올렸다.

분명 그는 명장이라 불릴 만하다.

그런 그가 로만의 수도를 그냥 내줄 리 없었다.

분명 뭔가 계획하고 있는 바가 있을 터.

이그니트를 물고 늘어지면 대전쟁의 향방에 크게 영향을 끼칠 것이라는 그의 생각과 달리, 이번 전투는 아주 사소한 것에 불과했다.

"폐하, 준비되었습니다."

마침내 로칸으로부터 준비되었다는 말이 들려왔다.

수도까지 진격한 제국의 군대.

동시에 타리온으로부터 전해진 서신.

그 내용을 읽은 카리엘이 더는 기다릴 필요 없다는 듯 말했다.

"그럼 가 볼까?"

그렇게 말한 카리엘이 천천히 수도를 향해 움직였다.

이미 로만의 주변 요새들은 전부 점령당했고, 이제 남은 건 로만의 수도뿐.

그 수도조차 곳곳에서 불길이 일어나면서 격렬한 전투가 벌어지고 있었다.

"이반 형제도 남았나?"

카리엘이 의외라는 표정을 짓는 순간, 타리온과 아켈리오가 누가 먼저랄 것도 없이 빠르게 달려 나갔다.

성문을 지키던 이반 형제마저 두 마스터에 발이 묶이자 순식간에 성문이 뚫리고 수많은 병력이 안으로 진입했다.

바로 그 순간 기다렸다는 듯 등장한 지옥의 군대들.

아귀.

불타는 군대.

투귀.

저주받은 망령.

이 모든 것이 성안에서 튀어나왔다.

"애초에 일반 제국민은 남아 있지도 않았군."

성 안을 가득 채운 지옥의 군대를 보면서 카리엘이 자신의 힘을 끌어 올렸다.

그러자 거대한 소환체들이 나타났다.

"자! 그럼 날뛰어 봐라."

카리엘의 허락이 떨어지자 기다렸다는 듯 날뛰기 시작하는 소환체들.

동시에 카리엘의 뒤에 정렬해 있던 불의 사제들과 불의 축복을 받은 무인들이 움직였다.

지옥의 존재들과 상극의 힘을 가진 그들의 힘에 빠르게 죽어 가는 지옥의 군대들.

그를 위해 뚫은 길을 따라 마침내 로만의 황궁에 도착한 카리엘.

그곳에선 이리될 줄 알고 있던 에쉬타르가 홀로 기다리고 있었다.

"서대륙의 위대한 황제를 뵈오."

"준비한 것은 이게 끝인가?"

카리엘이 실망했다는 표정으로 말하자 에쉬타르가 빙그레 미소를 지었다.

"그럴 리가요."

그렇게 답한 순간 수도 전체가 흔들리기 시작했다.

"폭발?"

에쉬타르의 마지막 한 수.

그것은 수도 전체를 폭발시키는 것이었다.

'이것으로 되었다.'

그렇게 생각하며 마지막을 준비하려는 순간, 카리엘의 입가에 지어진 미소를 보고 말았다.

순간적으로 자신이 준비한 마지막 한 수가 망했다는 것을 인지했고, 그런 그의 생각이 맞다는 듯 카리엘의 이마에 선명한 문양이 떠올랐다.

이마에서 문양이 빛을 발하는 순간, 붉은 파장이 퍼져 나가면서 수도 곳곳에 타오르는 화염을 흡수해 나갔다.

동시에 지축을 울리면서 수도 곳곳에 터져 나오는 폭발의 힘 역시 붉은 파장이 퍼져 나가자 힘을 잃었다.

수도 전체를 무너뜨려 피해를 입히려는 에쉬타르의 마지막 한 수.

그것이 카리엘의 압도적인 힘에 무용지물이 되어 버린 것이다.

"이게 대체……."

붉은 파장이 퍼져 나갈수록 연이어서 터져 나오던 폭발의 힘이 흔적도 없이 사라졌다.

그 모습을 보면서 에쉬타르가 멍하니 카리엘을 바라보았다.

"이것인가……."

멍하니 중얼거린 에쉬타르가 신화 속에서나 나올 것 같은 압도적인 위용을 보여 주는 카리엘을 바라보았다.

어째서 서대륙에서 성자로 추앙받으면서 압도적인 지지를 받는지 알 것 같았다.

단순히 정치를 잘해서?

나라를 잘 이끌어서?

분명 그런 것도 있을 것이다.

하지만 그것을 바탕으로 이런 압도적인 위용을 보여 준다면 어떤 이라도 자신들을 구원하러 나타난 구원자라고 생각할 수밖에 없었다.

"아쉽군."

그동안 로만에 대한 충성심으로 가득 찼던 에쉬타르의 마음에 이제 와서 아쉽다는 마음의 조각이 싹텄다.

자신도 저런 주군을 모실 수 있었다면.

인류를 위해서 일할 수 있었다면.

그런 아쉬운 마음에 쓴웃음을 짓던 에쉬타르였지만 후회는 하지 않았다.

자신의 황제 역시 인류를 위한 대의를 가진 것은 같았기 때문이다.

'그분을 위해 조금이라도 더 피해를 입혀야 한다.'

그렇게 생각한 순간, 에쉬타르가 마지막까지 숨겨 온 함정이 발동되었다.

"이것이 그대가 숨겨 둔 마지막 한 수인가?"

붉은 빛에 휘감겨 공중에 떠 있는 카리엘이 에쉬타르를 내려다보면서 말했다.

로만의 광장을 중심으로 만들어진 거대한 핏빛 마법진.

그것을 중심으로 수도 전체의 땅이 들썩이면서 전쟁으로

죽은 희생자들의 사념 덩어리가 한데 뭉치기 시작했다.

잿빛 기운이 뭉치는 순간 거대한 얼음 거인이 현세에 모습을 드러냈다.

발에 닿자마자 모든 것을 얼려 버리는 압도적인 힘.

"……신인가?"

카리엘이 멍하니 거인을 바라보며 중얼거리자 수르트의 말이 들려왔다.

─저딴 게 신일 리가.

그렇게 말한 수르트가 거대한 몸을 더 부풀리더니 자신이 직접 얼음 거인을 처리하려 했다.

하지만 카리엘은 고개를 가로저었다.

"그대가 만든 재앙은 그대가 준 선물로 처리하도록 하지."

카리엘이 에쉬타르에게 그렇게 말하고는 하늘을 향해 손을 뻗었다.

그러자 로만의 수도 전체에 퍼져 있던 붉은 기운이 하늘을 향해 한데 뭉치기 시작했다.

"지옥의 망자는 지옥에 있어야 할 터."

그렇게 말한 순간 한데 뭉친 불이 섬광처럼 얼음 거인을 향해 떨어져 내렸다.

마치 천벌을 내리는 것 같은 힘에 지옥의 존재가 그대로 소멸되었다.

거대한 얼음덩어리가 증발하듯 사라졌음에도 주변엔 불의

열기에 녹지도 타지도 않았다.

그저 불의 기둥에서 퍼져 나온 파장이 지옥의 군대만을 재로 만들어 사라지게 만들 뿐.

그 모습을 보면서 이그니트의 군대가 함성을 질렀다.

"와아아아아아!"

반대로 로만의 군대는 전의를 상실했다.

병사들만이 아니라 기사들부터 마법사들까지 전부 압도적인 힘에 굴복하며 무기를 내려놓았다.

그 모습을 바라본 에쉬타르 역시 허탈한 표정으로 카리엘을 올려다보았다.

"그대들이 무엇을 준비했는지는 모르겠으나…… 이그니트도, 나도 놀고만 있던 건 아니야."

그렇게 말한 카리엘이 천천히 바닥에 착지했다.

불의 힘을 내뿜지도, 마력을 사용하지도 않은 채 무방비하게 서 있는 카리엘.

하지만 에쉬타르는 저항할 의지를 잃어버렸다.

마도사라면 저런 힘을 흉내 낼 수 있을까?

그들이 가진 고유한 대마법이라면 할 수 있을지 모른다.

하지만 그들의 힘은 적과 아군을 가리지 않는다.

오직 망자들과 지옥의 존재들만 쓸어 버리는 저 힘만큼은 카리엘만이 할 수 있는 것이었다.

'아쉽지만 그래도 최소한의 목표는 이루었다.'

이그니트의 주력군이 동부로 향하지 못하게끔 시간을 끄는 것.

그것을 이룬 에쉬타르가 미련 없이 단검을 뽑아 자신의 목을 향해 찌르려 했다.

"자결은 안 되지."

자신이 준비한 모든 것이 허망하게 끝나자 자결하려는 에쉬타르의 손을 붙잡은 카리엘이 황궁 기사들에게 명해 제압하게끔 했다.

"그대는 살아서 로만의 국민들을 설득해야지."

"……제 충의를 모욕할 생각이시오?"

"모욕이라……."

카리엘이 분노한 표정으로 자신을 바라보는 에쉬타르를 보며 말했다.

"그대가 직접 보게. 그리고 누가 맞는지 판단해. 그 이후에 로만의 국민을 설득하든 말든 해."

그렇게 말한 카리엘이 멀리서 마지막까지 저항하는 이반 형제를 바라보았다.

마스터답게 쉽사리 제압당하지 않았지만 그들 역시 인간이다.

무적이 아닌 이상 결국 군대 앞에 제압당할 수밖에 없었고, 로만의 군대는 압도적인 이그니트의 군세에 굴복할 수밖에 없었다.

죽음을 각오한 것과 다르게 많은 병력이 살아남은 채 로만의 수도 공방전이 끝났다.

"아! 최선을 다해 시간을 끈 그대에게 경의를 표하며 한 가지 말해 주지."

황궁 기사들에게 양팔이 붙잡혀 에쉬타르를 보면서 카리엘이 말했다.

"난 로만을 완전히 정복할 생각이 없네."

카리엘의 말에 에쉬타르가 고개를 갸웃거리다가 눈을 커다랗게 떴다.

"또한 이번 전투에서 이그니트의 모든 전력을 선보이지도 않았지."

거기까지 말한 카리엘이 빙그레 웃으며 등을 돌렸다. 그 모습을 보면서 에쉬타르가 뭐라 말하려 했지만 그때는 이미 카리엘이 저 멀리 사라진 뒤였다.

자신이 사력을 다해 시간을 벌었음에도 불구하고 이그니트에게 큰 타격을 입히지 못했다.

거기다 모든 것이 카리엘의 계획 아래에 있던 것임을 깨닫자 허탈한 표정을 지었다.

"……서대륙을 통일한 황제의 힘인가?"

자신의 주군처럼 카리엘 역시 범상치 않은 인물이었다.

일평생 수없이 많은 전투를 치르며 명장의 반열에 올랐지만 로만의 황제를 이해하지 못했던 것처럼, 이그니트의 황제 역시 자신이 이해할 수 있는 범주의 인물이 아니었다.

그들이 그리고 있는 큰 그림이 어떤 것인지는 알 수 없으나 확실한 건 최종 국면은 결국 둘의 대결로 이어질 것이라는 생각이 들었다.

로만의 명장인 에쉬타르가 그 생각을 끝으로 감옥으로 끌려가자 이반 형제 역시 구속구가 채워진 상태로 감옥에 갇혀 있었다.

그렇게 이그니트가 로만의 수도를 점령할 무렵, 남부 연합군과 합류해 동부 쪽으로 움직인 선봉군은 곧바로 북상하기 시작했다.

동시에 마계 게이트를 부순 별동대 역시 빠르게 동진했다.

–마계 게이트를 부순 별동대! 곧바로 북동부로? 마족들의 군대를 박살 내며 파죽지세로 동진!

–선봉군의 북상. 산드리아의 군대를 연이어 대파하며 빠르게 북상 중!

마스터를 중심으로 짠 별동대들이 연이어 승전보를 올리면서 빠르게 북동부로 향했다.

하지만 진짜는 바로 이그니트의 주력군이었다.

–드디어 점령한 로만의 수도 크로노폴! 이제 남은 건 동진!

마침내 이그니트가 로만의 수도를 점령했다는 소식이 대륙 전체에 퍼졌다.

로만의 예상대로 이그니트의 주력군은 곧바로 움직이지 않고 로만의 수도를 안정화시키려는 움직임을 보였다.

거기다 이그니트의 선봉군 역시 빠르게 북상하던 것과 달리 죽음의 땅과 가까워지자 일부 요새를 함락해 보급선을 만드는 작업을 시작했다.

그러자 마지막까지 의심하던 로만의 지휘관들이 마침내 이그니트에 대한 의심을 거뒀다.

"이그니트의 주력군이 이곳까지 당도하는 데에는 최소 한 달은 걸릴 겁니다."

"점령지를 완전히 안정화시키면서 온다면 더 걸릴 수도 있습니다. 저희가 준비한 함정에 걸릴 경우 더 많은 시간이 소요될 겁니다."

그들의 말에 로만의 황제가 한쪽 턱을 괴면서 물었다.

"이그니트가 선봉군처럼 남쪽을 돌아올 경우는?"

"그럴 경우 기존에 준비한 것들을 옮기면 됩니다. 최악의 경우를 가정해도 한 달은 족히 걸릴 것입니다."

"한 달 안에 마족과의 전투가 결판이 나겠나?"

"전쟁 자체는 끝나지 않을지도 모릅니다. 하오나 유적지는 발견할 수 있을 것입니다."

지휘관의 말에 로만의 황제가 고개를 끄덕였다.

어차피 목표는 검은 협곡을 완전히 '장악'하는 것이 아닌 지옥문을 '발견'하는 것이었다.

로만의 지휘관들의 판단에 로만의 황제가 드디어 고개를 끄덕였다.

"협곡 안으로 진입한다. 지옥문이 묻혀 있을 지역을 확보하는 데 주력하도록."

"명!"

황제의 명령에 고개를 숙인 이들이 재빨리 움직였다.

검은 협곡 안에 잠들어 있을 옛 유적지를 점령하기 위해 대군이 움직이기 시작하자 마지막까지 눈치싸움을 벌이던 마족들 역시 움직이기 시작했다.

마군단장들을 필두로 검은 협곡 내부로 진입하려는 움직임을 보이자 서로 입구를 차지하기 위해 로만의 군대와 마족들이 처절한 전투를 벌이기 시작했다.

그렇게 로만과 마족 간의 전투가 본격적으로 시작되자 로만의 수도를 안정화시키던 카리엘이 기다렸다는 듯 지휘관들을 소집했다.

"드디어 시작됐나? 오래도 걸리는군."

마지막까지 의심의 눈초리를 거두지 않는 로만을 향해 질렸다는 듯 고개를 절레절레 흔드는 카리엘.

"그래도 폐하의 의도대로 되셨습니다."

로칸의 말에 카리엘이 빙그레 웃었다.

"그래, 이제 움직여야겠지."

그렇게 말한 카리엘이 타리온을 바라보며 물었다.

"철벽에서 보내 온 지원군은?"

"내일 안으로 당도할 것입니다."

"좋아. 움직일 준비해. 일부 병력을 제외하고 전군 자정을 기점으로 동진한다."

"예! 폐하"

카리엘의 명령에 고개를 숙이는 지휘관들.

이그니트의 주력군이 북동부로 향하는 길목의 주요 요새는 로만이 준비한 군대가 길을 막고 있었다.

그러면 선봉군처럼 남쪽으로 돌아가 가면 되지 않느냐고 생각할 수 있다.

확실히 그러면 될지도 모른다.

그러나 일직선으로 갈 때보다 더 많은 시간이 소요된다.

카리엘은 굳이 그런 시간 낭비를 할 생각이 없었다.

"폐하, 준비 끝났습니다."

"그들은?"

"먼저 출발했습니다."

카리엘의 물음에 로칸이 고개를 숙이며 답했다.

그러자 고개를 끄덕인 카리엘이 주력군의 출진을 명했다.

보름달이 하늘 높이 솟아오른 때, 엄청난 수의 병력이 로만의 성문을 나섰다.

전원 마동차를 타고 빠르게 움직이자 카리엘을 태운 비공선이 하늘 위로 떠오르며 수백의 비공선들과 함께 전진했다.

　-치직! 이그니트의 주력군이 움직였다. 빠르게 북동부로 북상 중!

　"주력 부대 저지 작전을 실행한다!"

　예상과는 다른 이그니트의 움직임에 당황하면서 빠르게 작전 실행을 명령하는 로만의 지휘관.

　하지만 그들의 예상과는 또 다른 결과가 날아들었다.

　-1차 방어선 붕괴.

　"뭐? 그럴 리가⋯⋯. 남은 부대로 시간이라도 끌어!"

　-불가. 지옥의 군대 전멸.

　"이런 미친!"

　통신병의 보고에 지휘관이 사색이 되면서 황급히 로만의 황제에게 이 사실을 보고했다.

　그리고 이 사실은 바로 다음 날 아침, 동대륙의 군대 전체에 퍼져 나갔다.

　-이그니트의 특수부대가 지옥의 군대를 청소 중.

　아직 정체가 밝혀지지 않은 미지의 부대.

　그들이 로만의 군대를 박살 내면서 이그니트의 주력군이 갈 길을 열어 주고 있었다.

카리엘이 대로 만전을 준비하며 만든 특수부대.

지옥과의 전쟁을 대비해 만든 결전 병기가 움직였다.

당연히 로만 측은 예상과는 다른 결과에 당황할 수밖에 없었다.

"악마 사냥꾼인가?"

"아닙니다. 그들은 지금 주력군과 같이 오고 있습니다."

마족들을 상대로 압도적인 힘을 보여 주었던 이그니트의 대마족 전용 특수부대.

한데 그들은 지옥의 존재에 대해서도 힘의 상성을 바탕으로 우위를 보여 주었었다.

이는 로만 역시 충분히 알고 있었던 상황이라 그에 대한 대비가 되어 있었다.

"그들이 아닌 다른 특수부대라고?"

부하의 보고에 혼란스러워하는 지휘관.

문제는 그가 혼란스러워하고 있는 와중에도 이그니트의 주력군은 파죽지세로 북상하고 있다는 점이었다.

그들이 준비했던 기존의 계획들이 예상하지 못한 특수부대로 인해서 망가지자 로만의 지휘부는 곧바로 혼란에 휩싸였다.

그 모습을 본 로만의 황제가 피식 웃었다.

"숨겨 둔 한 수가 있었는가?"

마지막까지 자신들을 속이기 위해서 연기를 한 이그니트

군대를 생각하며 자리에서 일어났다.

"상황이 급박하군."

"……송구합니다."

황제는 자신의 앞에 무릎 꿇고 고개를 숙인 마도사를 보며 한숨을 쉬었다.

대계를 위해서 제국에 충성하던 이반 형제와 최고의 사령관마저 버림 패로 사용했다.

그럼에도 불구하고 로만의 계획이 무너지게 생기자 이제는 그가 나설 차례가 온 것이다.

"1번."

"예! 폐하."

"짐이 직접 움직이겠다."

그렇게 말한 로만의 황제는 검은 협곡으로 움직일 준비를 하였다.

그리고 그건 마족 역시 마찬가지였다.

"내가 직접 움직인다."

마왕의 말에 마군단장을 비롯한 모든 이들이 말없이 고개를 숙였다.

그가 대륙으로 넘어오면서 목표로 했던 본래 힘의 1할.

그 목표는 아직까지 채워지지 못하고 있었다. 본래보다 빠르게 깨어난 상태에서 글렌이 마지막에 보여 준 일격이 그에게 치명적인 타격을 입혔기 때문이다.

그런 그가 내상을 감수하고 움직일 정도로 상황이 급박했다.

사실 이그니트의 소식을 듣는 즉시 양군이 전투를 멈추고 물러나면 그만이다.

하지만 이미 돌이킬 수 없는 강을 건넜다.

하필 이그니트의 소식이 들려오기 하루 전에 유적지의 흔적을 발견해 버렸기 때문이다.

그렇기에 둘 다 물러설 수 없었다.

결국 마족과 로만의 군대가 격렬한 전투를 이어 가면서 유적지를 찾는 동안, 이그니트의 주력군은 빠르게 치고 올라왔다.

✻

"제대로 낚였군."

그림자들에게 보고를 받은 카리엘이 만족스러운 미소를 지었다.

그들이 목표로 했던 지옥문이 눈앞에 아른거리는데 이제 와서 멈출 수 있을까?

이그니트라는 맹수의 아가리가 다가오고 있음을 알고 있음에도 불구하고 탐스러운 열매에 눈이 돌아가 더 격렬하게 싸우는 토끼들.

그런 그들을 보면서 카리엘은 월척임을 느꼈다.

"지옥의 군대는?"

"안 보입니다. 아무래도 '그들'에게 계속 당하자 완전히 철수한 듯싶습니다."

타리온의 보고에 카리엘이 미소를 지었다.

전쟁이 시작되기 전, 이그니트는 로만이 숨겨 둔 한 수가 무엇인지를 예상하기 위해 부단히도 애를 썼다.

이그니트의 앞을 가로막는 가장 무서운 적은 마족보다도 로만이 될 가능성이 컸다.

그렇기에 로만의 작전을 몇 가지로 나눠 예상하고 준비해 왔다.

마지막까지 서로 의견이 분분한 상태에서 로만의 주력군이 동진하는 것을 보고 완전한 계획을 세울 수 있었다.

"예상했던 것 이상으로 '붉은 유령'이 활약해 주는군."

"폐하의 은혜를 입은 것이니 당연합니다."

카리엘의 말에 타리온이 당연하다는 듯 말했다.

타리온에게서 건네받은 대 지옥 결전 부대인 붉은 유령에 대한 보고서가 들려 있었다.

-붉은 유령의 활약상에 대한 보고서.

지옥의 군단을 상대하기 위해 만든 특수부대인 붉은 유령은 악마 사냥꾼과 비슷하면서도 달랐다.

첫째, 마족을 상대하기 위해 만들어졌던 악마 사냥꾼은 불의 힘을 사용하면 지옥의 군단과도 상성상 우위를 점할 수 있지만 그들이 가진 무기는 어디까지나 신성력을 기반으로 한 것.

반면에 붉은 유령은 철저하게 불의 축복을 받은 무기만을 사용한다.

둘째, 악마 사냥꾼은 불의 신전에서 축복을 받거나 불의 힘을 개화한 자들이라면, 붉은 유령은 전원 황제의 축복을 직접 받은 이들이다.

셋째, 붉은 유령은 전원 불의 신전에서 '특수한 훈련'을 받은 이들로만 구성되었다.

즉, 마족과 지옥의 군대를 전부 상대하는 악마 사냥꾼과 달리 붉은 유령들은 태생부터가 오직 '지옥의 군대'만을 상대하기 위한 부대였다.

지옥의 군대를 상대하기 위해 불의 신성력을 개화한 자들만 뽑은 것으로도 모자라 특수한 훈련까지 거쳤다.

그런 이들에게 카리엘이 직접 축복을 내려 주고 불의 신성력으로 만들어진 무기를 주었다.

"나쁘지 않네."

만족스러운 미소를 짓는 카리엘을 보며 어느새 나타난 수르트가 고개를 주억거렸다.

카리엘이 지옥의 군대를 상대하기 위한 존재라면 그의 힘을 받은 자들 역시 그러할 터.

그들이라면 꼭 카리엘이 힘을 쓰지 않더라도 지옥의 군대를 박살 낼 수 있을 거라는 추측은 맞아 들어갔다.

그로 인해 로만의 계획은 완전히 무너졌다.

-지옥의 군대로 이그니트의 주력군을 상대로 시간을 끌 가능성이 높음.

이제는 꼬질꼬질해져 버린 로만의 전략 보고서.

로만 입장에서 최상의 결과를 낼 수 있는 방법이 바로 지옥의 군대를 활용하는 법이었다.

자신들의 주력군이 상하지도 않고, 오직 지옥의 군대만으로 철저하게 시간을 끌면서 목표한 바를 완수할 수 있으니 이보다 더 좋은 전략이 어디 있을까?

하지만 극상성이나 다름없는 특수부대에게 완전히 갈려 나갔다.

"남은 건 진격뿐인가?"

대어를 낚은 카리엘이 다 잡은 물고기를 요리하기 위해 빠르게 진군했다.

그러나 그렇게 이그니트의 주력군이 북동부로 빠르게 진격하는 동안 마족들도 가만히 있지 않았다.

쿠웅!

"압도적이군."

검은 협곡을 박살 내다시피 하면서 움직이는 마왕.

유아기의 아이의 모습이었다는 보고서와 달리 큰 소년의 모습을 한 마왕은 압도적인 힘으로 로만의 군대를 뚫어 내면서 게이트를 향해 돌진했다.

마스터를 막기 위한 대마스터 진형도, 지옥의 군대도 소용 없었다.

매 전투마다 엄청난 피해를 입고 있는 로만이었음에도 황제는 만족했다.

"무리하는군."

멀리서 마왕의 행보를 보면서 로만의 황제가 입가에 미소를 그렸다.

"안 그런가?"

"맞습니다. 언뜻 보면 막강해 보이나 힘을 사용할수록 마기의 불안정이 더 심해지고 있습니다."

마스터에 이른 검은 달의 수장이 매의 눈처럼 마왕을 보면서 말했다.

"황소가 또 오는군."

"막고 오겠습니다."

검은 달의 수장이 고개를 숙이고 사라지자 뒤이어 로만의 유일한 마도사 역시 하늘 높이 날아올랐다.

거대한 검은 뱀의 모습을 한 마군단장이 로만의 진형을 박살 내고 있었기 때문이다.

그러는 사이 산드리아 측의 주요 전력도 투입되었다.

주요 부족의 부족장들이 힘을 드러낸 것이다.

대지를 움직이는 마도사부터 지옥의 힘을 사용하는 주술사, 황금빛 오러 블레이드를 휘두르는 무인까지.

산드리아가 숨겨 왔던 전력들이 흑마법사의 수장과 마스터급 마인들을 상대했다.

"저건 네가 상대해야겠구나."

황제의 말에 터번을 누른 남자가 고개를 끄덕이고는 하늘 높이 날아올랐다.

그러자 거대한 양머리를 한 마군단장을 향해 잿빛 폭풍이 작렬했다.

모든 것을 찢어발기는 압도적인 힘이 작렬하자 천하의 마군단장도 돌진을 포기하고 방어에 전념했다.

"저놈은 동생한테 맡겼으니 남은 건 마왕뿐인가?"

로만의 황제의 중얼거림.

동생은커녕 친족은 아무도 없다고 알려진 로만의 황제에게 숨겨진 동생이 있다?

그것도 저런 막강한 힘을 가진 존재가?

대륙에 알려진다면 경악할 만한 일이었다.

"쯧! 비밀 수호대 놈들이 귀찮아지겠군."

보급선 전투로 다수의 검은 달의 무인들을 잃은 후, 비밀 수호대를 상대했던 것은 그의 숨겨진 동생 덕분이었다.

또한 사막에서 비밀리에 지옥의 주술사들이 보급선 전투에 투입될 수 있었던 것도 전부 그의 동생이 가진 힘 덕분이었다.

비밀 수호대를 찢어발겼던 압도적인 힘이 황제의 눈에 보이는 회색 폭풍이었기 때문이다.

콰아앙!

상념에 젖어 있는 사이 굉음과 함께 검은 협곡 일부가 완전히 무너져 내리면서 유적지가 모습을 드러냈다.

"폐하! 유적지가 모습을 드러냈습니다."

"가지."

"예!"

황제의 명령에 그를 지키는 근위 기사들이 마족들을 베어내며 길을 뚫어 냈다.

그러는 사이 마왕은 압도적인 힘으로 먼저 유적지를 향해 움직였다.

로만의 황제마저 무너진 협곡을 타고 유적지 안으로 진입하는 동안 마족과 로만의 군대는 치열하게 싸워 나갔다.

쿵! 쿵! 쿵!

마왕이 유적지 내부로 진입하자마자 자신을 가로막는 가디언을 박살 내면서 홀로 전진했다.

그러는 사이 로만의 황제 역시 기사단을 이끌고 안으로 진입했다.

"저것이 게이트인가?"

마왕이 망가뜨린 가디언의 잔해들을 뒤로하고 지옥의 게이트로 추정되는 유적지에 도착한 로만의 황제.

─한발 늦었구나.

마왕의 말에 로만의 황제가 자신을 바라보며 말하는 마왕을 응시했다.

지옥문으로 추정되는 건물 안에 검은 보석을 올려놓은 마왕이 그 앞을 가로막고 섰다.

그러자 검은 보석에 반응해 단순히 무너진 유적지로 보이던 건물들이 기묘한 파장을 만들어 내기 시작했다.

─헬의 사도여, 아무래도 그대의 바람은 이뤄질 수 없겠구나.

자신을 헬의 사도라고 부른 마왕을 보면서 로만의 황제가 눈짓을 했다.

그러자 마왕을 향해 달려드는 기사들.

─같잖은 기사들로 짐은 상대하려느냐?

그렇게 말한 마왕이 로만의 황제가 보낸 기사들을 찢어발기면서 단 한 사람도 안으로 들여보내지 않았다.

그러나 로만의 황제는 당황하지 않았다.

애초에 그는 기사들이 마왕을 뚫고 안으로 진입할 거라는 기대를 하지 않았기 때문이다.

냉정한 눈으로 죽어 가는 기사들을 보면서 손을 휘젓는 로만의 황제.

그러자 붉은 기운과 함께 낡은 지팡이가 모습을 드러냈다.

그리고 그것을 들어 올려 내려찍는 순간 유적지 주변으로 회색빛 바람이 불기 시작하더니 공간이 일렁거리기 시작했다.

-그건…….

"부족한 그대의 힘으로 이것을 얼마나 상대할 수 있을지 지켜보지."

황제의 말에 마왕이 이를 악물었다.

로만의 황제가 들고 있는 지팡이의 정체를 추측한 마왕이 전력으로 힘을 끌어냈다.

하지만 아까와 달리 불안정하게 떨리는 마기.

-헬의 사도라 이건가? 오냐! 와 보거라!

마왕이 잿빛 기운 속에서 탄생하는 괴생명체들을 보면서 투기를 드러냈다.

그렇게 로만의 황제와 마왕이 전투를 시작하는 동안 엄청난 사상자를 내며 싸우는 마왕군과 로만의 군대 사이로 폭발음이 들려왔다.

콰아아앙!

"설마!"

―벌써 온 것인가?

자신들에게 맹렬한 공격을 퍼부으며 등장하는 하늘의 배들.

그들의 공격에 치열하게 싸우던 로만군과 마왕군이 약속이라도 한 듯 전투를 멈추고 하늘을 바라보았다.

"……임시 동맹인가?"

―살려면 그리해야겠지.

검은 달의 수장의 말에 흥분을 가라앉힌 황소머리의 마군 단장이 하늘을 향해 울음을 터뜨렸다.

그 순간 그런 그를 향해 떨어지는 거대한 오러 블레이드.

동시에 검은 협곡에서 거대한 불의 거인이 소환되었다.

"모두 쓸어 버리도록."

불의 거인 위에 선 채 명령을 내린 카리엘.

그 순간 검은 협곡으로 진입한 이그니트의 대군이 로만군과 마왕군을 향해 돌격했다.

예상보다 이르게 도착한 이그니트의 군대에 제대로 된 대항도 하지 못하고 쓸려 나가는 마왕군과 로만군.

그러는 사이 카리엘은 눈을 감고 붉은 파장을 만들어 냈다.

"이 느낌인가?"

―그래. 확실히 지옥문이 여기 있네.

카리엘의 말에 감각을 공유한 수르트도 느껴진다는 듯 말했다.

"가자."

카리엘의 명령에 수르트가 고개를 끄덕이고는 거대한 몸을 움직였다.

그런 그를 막기 위해 마왕군과 로만의 군대가 합심해서 공격해 왔으나 스콜과 아그니가 소환되며 그런 그들을 밀어냈다.

두 소환체로 인해 뚫린 길을 통해 수르트가 안으로 진입했다.

그렇게 카리엘이 유적지 안으로 진입하는 것을 확인하자 그를 막으려는 마군단장의 앞을 아켈리오와 타리온이 막아섰다.

"폐하를 방해하려거든 우리부터 뚫어 보거라."

그렇게 말한 아켈리오가 거대한 오러 블레이드를 휘둘렀다.

지옥문!

무너진 협곡 내부로 들어간 순간, 카리엘의 미간을 찌푸리게 만들 정도의 힘의 파동이 느껴졌다.

-하나는 마기인 것 같고, 다른 하나는 지옥의 힘인가?

수르트의 말이 끝나는 순간, 주변 환경을 파괴하면서 잿빛 기운과 검은 기운이 폭발했다.

폭발의 여파를 막아 내면서 전진하자 마왕이 게이트 주변으로 몰려드는 잿빛 거인들을 모조리 박살 내고 있는 장면이 보였다.

"로만의 황제?"

유적지의 상층부에서 지팡이를 휘두르는 로만의 황제의 모습이 보였다.

그가 지옥의 힘을 다룰 수 있을 것이라는 추정은 해 왔기에 큰 충격은 아니었다.

하지만 예상보다 훨씬 더 강력한 힘을 사용하는 것은 놀라웠다.

"이 정도로 강했나?"

카리엘이 고유한 능력으로 마스터에 가까운 힘을 사용하는 것처럼 로만의 황제 역시 지옥의 존재들을 부리는 것으로 비슷한 힘을 보이고 있었다.

문제는 그게 아니었다.

이미 게이트의 유적지에 독특한 파장이 퍼져 나가면서 잠들어 있던 유적지의 힘이 조금씩 깨어나고 있었다.

부서졌던 게이트의 파편들이 검은 파장에 맞춰서 하나둘 맞춰지고 있었고, 사라진 조각들은 협곡의 돌들이 검은 마력에 깎여 나가 비어 있는 부분을 채워 나갔다.

－저걸 막아야 할 거 같은데?

수르트가 불로 이루어진 손으로 게이트를 가리키자 로만의 황제를 보고 있던 카리엘이 그곳으로 눈을 돌렸다.

"저건……."

게이트의 흔적으로 보이는 유적에 마기를 내뿜는 보석 하나가 박힌 것이 보였다.

마기에 잠식되어 게이트 전체가 검게 물들고 있었지만, 사이사이 회색빛이 감도는 것이 로만의 황제도 게이트 내부에 힘을 불어 넣고 있는 것 같았다.

"일단 상황을 지켜봐야 하나?"

그렇게 중얼거리면서 어떻게 해야 하나 고민했다.

이대로 양패구상이 될 때까지 기다리는 게 최선이지만, 지옥문이 완전히 열리는 건 아닌지 걱정이 되었다.

이러지도 저러지도 못한 채 수르트와 이야기를 나누던 바로 그때, 마왕과 로만의 황제가 동시에 전투를 멈추고 카리엘 쪽으로 고개를 돌렸다.

-아무래도 이 대 일 싸움이 될 것 같은데?

"그나마 마왕의 힘이 예상보다 약하다는 게 다행인가?"

마왕이 전생의 힘만 복구했어도 자신이 막아 볼 엄두도 내지 못했을 것이다.

그것에 감사해하면서 카리엘이 수르트에게 말했다.

"혼자서 마왕을 상대할 수 있겠어?"

-물론.

자신감을 보이는 수르트를 보며 고개를 끄덕인 카리엘은 스콜과 아그니를 로만의 황제에게로 보냈다. 그런 뒤 수르트의 손을 타고 땅에 착지한 후, 그를 마왕에게 보냈다.

불의 거인이 마왕을 향해 달려들면서 본격적으로 전투가 시작되었다.

"신기하네."

카리엘이 신기하다는 듯 주변으로 퍼져 나가는 파장을 향해 불덩이를 날렸다.

그러자 마기에 의해 기묘한 파장을 퍼뜨리던 힘이 소멸되어 가는 것이 보였다.

환한 빛가루가 되면서 순수한 마나의 형태로 변해 가는 것을 확인하자 카리엘도 본격적으로 힘을 사용하기 시작했다.

비록 전투는 소환체들이 하고 있었지만 그렇다고 자신의 할 일이 없는 것은 아니었다.

이마의 문양을 드러내면서 불의 파장을 만들어 내자 유적의 중심부로 모이던 조각들이 하나둘 힘을 잃고 떨어져 내렸다.

-…….

"……."

카리엘이 사용한 힘을 본 마왕과 로만의 황제가 입을 다물고는 카리엘을 노려보았다.

마왕과 로만의 황제가 가는 길은 다를지라도 지옥문을 연다는 목표만큼은 동일했다.

그런데 그 목표가 카리엘로 인해 방해받고 있는 것이다.

-제대로 열기는 글렀군.

이미 카리엘로 인해 유적지가 갖고 있던 힘 일부가 완전히 사라져 버린 것을 느끼자 마왕이 표정을 일그러뜨렸다.

그리고 그건 로만의 황제 역시 마찬가지였다.

"'그'의 힘을 제대로 이어받은 것인가? 골치 아파졌군."

자신의 예상보다도 더 강력하게 이어받은 힘에 로만의 황제가 처음으로 얼굴을 완전히 찡그렸다.

카리엘이란 존재가 자신의 예상보다도 더 까다로운 존재였던 것이다.

이대로 꾸준히 성장한다면 자신의 대계가 완성되더라도 유지될 수 없을 가능성이 있었다.

무엇보다 유적지를 통해 지옥문을 개방하여 시간을 벌려던 계획 자체가 무산되기 생겼기에 처음으로 당황했다.

지금도 카리엘의 불의 파장에 자신이 만든 지옥의 존재들의 신체가 실시간으로 무너지고 있었다.

'나와는 상성이 너무 좋지 않군.'

로만의 황제가 그렇게 생각할 때였다.

힐끔 마왕을 바라보자 그 역시 로만의 황제를 바라보았다.

'지금 상황에서 모든 것을 갖긴 힘들다.'

─그렇다면⋯⋯.

거기까지 생각이 미치는 순간, 둘 다 같은 생각을 했는지 고개를 끄덕이고는 재빠르게 유적지의 중심부로 달려 나갔다.

그러자 카리엘의 소환체들이 재빨리 뒤쫓았다.

─이런 미친!

자신을 뒤쫓을 거라고 예상한 로만의 황제가 지옥의 괴물 몇을 카리엘에게로 보냈다.

그러자 수르트가 당황하며 쫓던 것을 멈추고 뒤돌아서려

했다.

─괜찮으니까 저들을 막아!

수르트의 머릿속으로 울리는 카리엘의 음성.

그러자 고개를 돌려 카리엘을 바라본 불의 거인이 다시금 마왕과 로만의 황제에게로 시선을 돌렸다.

그동안 불의 힘을 수련해 왔지만 동시에 무투술 역시 익혀 왔다.

고대 웨어울프의 강체술을 기반으로 만들어진 카리엘의 무투술은 강력한 화염의 힘이 더해져 몰려오는 괴물들을 상대로 효과를 보이고 있었다.

그러자 이 정도라면 쉬이 당하지는 않겠다는 확신이 든 수르트가 거대한 주먹을 둘에게 날렸다.

단숨에 박살 내려는 듯 화염의 폭풍까지 휘감은 팔이 둘에게 날아들었다.

하지만 그런 그의 시도는 막힐 수밖에 없었다.

─막혔다고?

현시점에서 낼 수 있는 가장 강력한 일격에도 중간에 가로막혀 조금도 전진하지 않은 그의 주먹.

어느새 생성된 회색빛 방어막이 유적지를 지키기 위해 발동되었고, 그로 인해 수르트는 더 전진할 수가 없었다.

─저걸 부숴!

그렇게 말하며 수르트가 전력으로 유적지를 부수려 했다.

그러자 아그니와 스콜 역시 자신들의 팔을 휘두르면서 빛을 뿜고 있는 유적지를 파괴하려 했다.

쿵! 쿵!

거대한 세 소환체의 주먹질에 견고해 보이던 잿빛 방어막에 균열이 일어났다.

세 소환체 모두 카리엘의 힘에 의해 소환되었기에 유적지의 중심부에 만들어진 잿빛 방어막은 실시간으로 부서지기 시작한 것이다.

- 시간이 없군.

"……그래."

마왕의 말에 인상을 찌푸리며 대답한 로만의 황제가 중심부를 뒤졌다.

"난 이것으로 충분하다."

- '그녀'를 깨우는 게 목적인가? 그것만으로는 힘들 텐데?

"수천 년간 우리가 놀고만 있을 거라 생각했나?"

로만의 황제가 하는 말에 피식 웃은 마왕이 빈정거리는 말투로 말했다.

- 겨우 과거의 잔재를 부활시키는 것이라……. 버려진 자들답군.

그 말에 로만의 황제가 마왕을 노려보았다. 그러자 마왕 역시 지지 않고 그를 노려보았다.

서로의 중간 목적지가 같았기에 일시적으로 손잡았을 뿐,

둘은 오랫동안 이어진 원수나 다름없었다.

"그러는 너 역시 완전히 목적을 이룰 것 같아 보이지는 않는군."

그렇게 말한 로만의 황제가 비웃듯이 입꼬리를 말아 올린 후, 지팡이를 휘둘렀다. 그러자 반쯤 완성되다 만 건축물에서 잿빛 폭풍이 만들어지기 시작했다.

파삭! 파삭! 파삭!

로만의 황제가 차고 있던 뼈로 만들어진 팔찌부터 목걸이, 발찌, 허리띠 등이 하나둘 부서지면서 잿빛 폭풍은 점차 안정화되어 갔고, 마침내 막대한 양의 지옥의 기운이 뿜어지는 문이 완성되었다.

"반쪽짜리 성공이라도 이루기를 바라지."

비웃듯 말했지만 로만의 황제는 진심으로 마왕이 목적한 바를 이루길 바랐다.

이미 자신이나 그나 완전한 성공은 어려워졌기에 시간을 벌고 이그니트의 힘을 분산하기 위해서라도 마족들의 힘이 꼭 필요했기 때문이다.

그렇기에 본래 계획에도 없던 신물들을 희생하면서까지 불완전하게나마 지옥문을 완성시켜 준 것이다.

진심어린 말을 전한 로만의 황제가 다시 한번 지팡이를 휘두르는 순간, 날개가 달린 지옥의 존재가 로만의 황제를 데리고 하늘 높이 날아올랐다.

황태자는
은퇴하고
싶습니다

그것을 가만두고 볼 수르트가 아니었다.

도망가려는 로만의 황제를 붙잡기 위해 거대한 팔을 뻗었지만, 불완전하게나마 열린 지옥문에서 잿빛 폭풍이 몰아치면서 수르트를 뒤로 밀어냈다.

-……선물인가? 대가는 마족 전체가 치러야겠군.

그렇게 말한 마왕은 로만의 황제가 사라진 천장을 바라보았다.

본래라면 지옥문을 완전히 열고 마족 전체가 지옥문에 들어가 새로운 힘을 각성시키는 것이 목표였다.

그러는 사이 자신은 '마신'을 깨워 더 강력한 힘을 갖는 것.

로만의 황제 역시 지옥의 여신을 깨울 기반을 이곳에서 다지고 싶었을 것이다.

결론은 둘 다 실패했다.

그러니 최소한의 목적이라도 이루어야 했다.

-그대의 바람대로 놀아나 주마.

로만의 황제를 생각하며 중얼거린 마왕이 목걸이를 한쪽 손으로 움켜쥐었다.

-마신이여…… 그대가 묻혀 있는 곳으로 저를 안내해 주십시오.

그렇게 중얼거리는 순간 검은 빛이 지옥문을 향해 똑바로 쏘아져 나갔다.

잿빛 폭풍으로 휘감긴 문이었으나 마왕은 조금의 망설임

도 없이 그곳으로 몸을 날렸다.

바로 그 순간, 수르트의 거대한 주먹이 잿빛 방어막을 깨뜨렸고, 동시에 스콜과 아그니의 거대한 팔이 잿빛 폭풍으로 만들어진 지옥문으로 두드렸다.

-우리 힘으로는 무리야.

무식하게 상처를 입어 가면서 두드리는 스콜과 아그니를 보면서 수르트가 말했다.

이미 열려 버린 지옥문은 자신들의 힘으로 닫을 수는 없었다.

완전하게 열린 문은 아니었기에 강제로 닫으려 하면 할 수도 있을 것이다. 하지만 그러기 위해선 최소 전성기 시절 자신의 힘에 1할은 필요했다.

그렇다는 건 그랜드 마스터의 힘으로도 혼자 닫기란 불가능에 가깝다는 뜻이 되었다.

"안 부수고 뭐 해?"

어느새 유적지의 중심부로 다가온 카리엘의 물음에 수르트가 자신들의 힘으로는 어렵다며 고개를 저었다.

"그래서 가만히 두고 보라고?"

-본래라면 그 방법밖에 없겠지. 다행히 완전히 열린 게 아니라 저 구조물이 부서지면 자연스레 사라질 거다.

조금씩 균열이 일어나는 구조물들을 보면서 말하는 수르트.

부서지는 속도로 보자면 몇 년이 걸릴지 알 수 없었다.

―하지만 네가 있으니 더 가속화할 수는 있겠지.

그 말을 듣는 순간 카리엘이 전력으로 힘을 내뿜었다.

이마의 문양이 터질 듯 빛을 내뿜으면서 잿빛 폭풍을 밀어 냈다.

하지만 열려 버린 문에서 나오는 지옥의 기운을 완전히 소 멸시키기엔 카리엘의 힘이 너무 부족했다.

―네 힘으로 이 문을 완전히 닫을 정도가 되려면 '가름의 인 정'을 받을 정도는 되어야 한다.

수르트의 말에 카리엘의 표정이 굳어졌다.

"그런데 왜 가름의 흔적이 없지?"

카리엘이 이상하다는 듯 고개를 갸웃거렸다. 수르트와 소 환체들이 마왕과 로만의 황제를 상대하고 있을 때, 카리엘은 힘을 최대한 넓게 퍼뜨렸다.

자신의 힘에 반응할 가름을 찾기 위함이었다.

그런데 가름은커녕 그의 흔적조차 찾을 수 없었다.

―여기 있을 가능성이 가장 높은데……. 나도 잘 모르겠군.

수르트가 그렇게 중얼거릴 때였다.

카리엘의 힘과 지옥의 힘이 격렬하게 충돌하자 유적지 아 래쪽에서 진동이 느껴지기 시작했다.

지옥의 기운과 카리엘의 기운이 충돌할수록 아래에서 느 껴지는 진동은 더 강렬해졌다.

그런데 신기한 건 아무런 반응이 없다는 것이다.

생명체라면 가지고 있어야 할 어떤 힘도 느껴지지 않았다.

그것에 의아함을 느낄 때, 충돌의 여파로 변질된 힘들이 진동에 의해 균열이 일어난 대지의 틈으로 빨려 들어가기 시작했다.

"이게 대체 뭐지?"

―글쎄…… 한 가지 확실한 건 이곳에 가름은 없다는 거다.

그 말에 카리엘이 수르트를 바라보았다.

"없다고?"

―그래. 있었다면 지옥문이 저럴 리가 없거든.

그렇게 말하는 수르트는 잿빛 기운이 멋대로 일렁이는 지옥문을 바라보고 있었다.

―녀석이 있었다면 지옥문에서 나오는 저 기운이 이곳의 모든 물체에 스며들고 있었을 거다.

수르트의 말에 카리엘의 머릿속에 어디선가 읽어 봤던 고서의 내용이 떠올랐다.

"영역화?"

―그래. 녀석이 지옥의 수문장이라는 이명을 달게 된 이유야.

가름이 있는 곳은 그곳이 어디든 지옥의 문이 만들어질 수 있는 땅이 되는 것.

그것은 곧 지옥문이 생겨나는 대지의 모든 것에 깃든다는 뜻이었다.

-결계가 만들어지면 공기마저 지옥과 비슷하게 변하지. 그 것이 바로 가름의 능력이다.

지옥과 비슷한 환경이 만들어질 시 가름은 어떤 존재보다 도 강해진다.

지옥의 주인이라 불리는 헬조차 지옥에서만큼은 가름에게 순수한 무력으로는 뒤처진다는 평가를 받았을 정도.

-만약 가름이 아스가르드가 아닌 지옥에서 싸웠다면 최상위 신과 동수가 아니라 이겼을 거다.

그만큼 환경에 영향을 받는 존재가 가름이었다.

그런 존재가 지하에 있었다면 이곳에 열린 지옥문에 어떠 한 방식으로든 영향이 있어야 했다.

"그럼 이 현상은?"

카리엘의 물음에 수르트도 모르겠다는 듯 고개를 저었다.

-내려가 보면 알겠지.

그렇게 말한 수르트가 거대한 주먹으로 유적지를 박살 내 면서 균열이 일어난 곳을 벌렸다. 그리고 스콜과 아그니가 그것을 도우면서 지옥의 힘으로 보호되던 바닥 일부를 뚫어 내자 카리엘이 망설임 없이 그곳을 향해 뛰어내렸다.

화륵!

어느새 작게 변한 수르트와 소환체들이 카리엘의 주변에 자리하며 화기로 주변을 밝혔다.

불의 문양을 개방해 공중에 몸을 띄운 카리엘은 지하를 바라보았다.

마치 무언가가 모셔진 것 같은 독특한 분위기의 유적지에 초록빛 기운들이 감돌고 있었다.

ㅡ이 기운은……

수르트가 눈을 커다랗게 뜨면서 카리엘을 바라보자 그런 수르트의 반응에 카리엘이 '혹시?' 하는 표정으로 주변을 둘러보았다.

하지만 수르트는 이내 고개를 저었다.

아주 짧게 느껴졌던 익숙한 기운. 그것이 가름의 기운인지는 수르트도 확신할 수 없었다.

신화시대에 느꼈던 가름의 기운을 완전히 떠올리기엔 너무 오래되었고, 수르트 역시 오랜 시간 봉인되어 격을 많이 상실한 상태였기 때문이다.

ㅡ음?

또다시 이상한 반응을 하는 수르트를 보며 카리엘은 인상을 찌푸렸다.

어디선가 느껴지는 묘한 느낌.

그것이 가름인지조차 불분명한 상태로 기운을 퍼뜨려 보는 카리엘.

유적지 전체에 카리엘의 기운과 지옥의 기운이 어지러이 얽혀 있는 상태에서 수르트가 움찔하는 방향을 중심으로 천천히 살펴보았다.

바로 그때, 운이 좋게도 유적지 전체를 울리는 지진이 일어났다.

쿠구궁!

—저기다!

"나도 느꼈어."

이번엔 카리엘도 느꼈는지 빠르게 그곳을 향해 움직였다.

하지만 움직임과 달리 빨리 찾을 수는 없었다.

위쪽의 유적지만 하더라도 상당한 크기였는데 지하의 유적지는 그보다 더 컸다.

대체 이런 유적지가 이제까지 왜 발견되지 않았는지 이해가 되지 않을 정도.

"이 정도 유적지가 모험가들에게 발견이 안 되었다고?"

카리엘이 이해가 가지 않는다는 표정으로 말했다.

대륙 전체에 몇 번이나 붐이 일어났던 탐험의 시대.

그 시대에 대륙 곳곳에 신들의 유적지들을 발견하고 유물역시 발견했었다.

그런데 지금에 와서야 지옥문이나 지하 유적지가 발견된게 이상했다.

—특정 조건이 만족되지 않는다면 발견되지 않는 곳도 있으니까.

수르트의 말에 카리엘이 말없이 유적지를 바라보았다.

카리엘의 힘과 지옥의 힘이 충돌하지 않았다면 절대 알 수 없었을 지하 유적지.

지옥문조차 로만의 황제와 마왕이 직접 나서기 전까지 그토록 찾아 헤매도 정확한 위치를 알 수 없었다.

즉, 이곳으로 오는 것 자체가 특정한 조건이 만족되어야만 올 수 있다는 뜻이 되었다.

그리고 그것을 증명하듯, 카리엘의 힘이 지하 유적지를 가득 메우기 시작하자 위쪽에 벌어졌던 틈이 다시금 메워지기 시작했다.

동시에 유적지 잔체에 초록빛 불이 타오르면서 주변을 환하게 밝혔다.

-이곳에는 오직 '너'만이 올 수 있도록 안배되어 있는 것 같네.

오직 초대 황제의 힘을 가진 자만이 들어올 수 있도록 만들어진 결계.

그것이 지하 유적지 전체에서 느껴지고 있었다.

"이곳이 신의…… 안배라고?"

-장난질이지. 그놈들이 안배 따위를 할 거 같아?

수르트가 고개를 절레절레 흔들면서 말했다.

그가 신화시대에 겪은 신들의 모습은 결코 자비롭지도, 위대하지도 않았다.

그들의 왕이라 불리는 '주신' 역시 공명정대와는 거리가 먼 신이었다.

과거를 생각하며 투덜거리는 수르트를 뒤로하고 유적지를 둘러보던 카리엘은 문득 심장에 묘한 기운이 스며드는 것을 느꼈다.

두근!

"이젠 확실히 알겠네."

오랜 세월이 지나 여기저기 무너진 유적지를 뒤로하고, 한쪽 방향으로 달려 나간 카리엘.

그곳엔 낡은 제단 하나가 놓여 있었다.

여기저기 세월의 흔적들이 남아 있었지만 제단만큼은 초기의 온전한 형태 그대로 간직하고 있는 기이한 모습.

그것을 보면서 천천히 계단을 올라갔다.

두근!

제단에 있는 거대한 보석.

그것이 카리엘이 다가올수록 더 크게 움직이면서 묘한 파장을 만들어 냈다.

한쪽은 잿빛 기운에, 다른 한쪽은 붉은 기운이 맴돌면서 묘한 파장을 만들어 내는 그 힘은 이내 초록빛 기운으로 변해 주변으로 퍼져 나갔다.

－가름의 영혼 조각인가?

수르트가 그렇게 말하는 순간, 카리엘의 앞에 반투명한 창이 모습을 드러냈다.

가름의 영혼 조각을 찾았습니다. 보상으로 한 가지 질문을 하실 수 있습니다.

궁금한 게 있으면 자신에게 물어보라고 적힌 반투명한 창을, 카리엘이 잠시 멍하니 바라보다 머리를 굴렸다.

아직 자신이 알지 못한 비밀이 너무 많았다.

하지만 질문은 한 가지뿐이기에 신중해야 했다.

"가름의 위치."

이 질문에 대한 답은 모든 조각을 모은 이후에 하실 수 있습니다.

그렇게 답한 반투명한 창이 카리엘에게 퀘스트를 내려 주었다.

가름의 영혼 조각을 완전히 깨우십시오. 그러면 현재 만들어진 지옥문을 완전히 닫을 수 있습니다.

보상 : 1) 다음 영혼 조각의 위치 2) 지옥의 권능 일부

"뭐?"

카리엘이 멍청하게 되묻는 순간 다시 한번 반투명한 창이 떠올랐다.

"영혼 조각이라고?"

그렇게 중얼거린 카리엘이 심각한 표정을 지었다.

"설마 지옥문이 하나가 아니었나?"

카리엘이 그렇게 중얼거리면서 심각한 표정을 지었다.

가름의 영혼 조각이 있는 곳이 지옥문이 생겨날 수 있는 환경으로 변화하는 거라면 흩어져 있는 영혼 조각들이 있는 곳 전부가 지옥문이 될 예정지라고 봐야 했다.

바로 그때, 또다시 반투명한 창이 나타났다.

카리엘의 힘을 본격적으로 빨아들이면서 색이 선명해지자 거대한 보석이 떨리기 시작한 것이다.

'공명.'

이미 몇 차례 겪어 봤던 현상이기에 카리엘은 지금 이게 어떤 건지 확실히 알 수 있었다.

소환체들과 공명을 일으켰을 때 일어난 현상이었다.

문제는 지금의 공명은 자신과 하는 게 아니라는 점이다. 반투명한 창이 말한 것처럼 다른 영혼 조각들과 공명을 일으키고 있을 가능성이 높았다.

그렇다면 지금이라도 멈춰야 할까?

그 생각이 들자 잠시 멈칫한 카리엘이지만 결국 힘을 불어 넣을 수밖에 없었다. 지옥문을 완전히 닫을 수 있는 기회이기도 했고, 마왕과 로만의 황제를 막기 위해서라도 일단 가름을 찾아야 했기 때문이다.

카리엘이 힘을 불어 넣는 걸 멈추지 않자 다시금 반투명한 창이 모습을 드러냈다.

질문을 해 주십시오.

반투명한 창의 말에 고민하던 카리엘이 입을 열었다.

"마왕과 로만의 황제의 목적."

카리엘이 고심 끝에 한 질문은 적들의 목적이었다.

지옥문이야 가름을 찾다 보면 해결될 일.

그렇다면 적의 목적을 아는 것이 최선이었다.

마왕은 고대 신의 부활을, 로만의 황제는 지옥의 일부를 이 땅에 강림시켜 죽음의 여신을 깨우려 합니다.

"신을 부활시킨다고?"

카리엘이 이해가 안 간다는 듯 수르트를 바라보았다.

그러자 그 역시 모르겠다는 듯 고개를 저었다.

신들은 죽으면 소멸한다는 것이 그가 아는 상식이었다. 그런데 지금 그 사실이 깨어지려 하고 있었다.

"그게 가능한가?"

신을 구성하던 힘의 일부가 특정 조건을 만족한다면 가능합니다.
다만 해당신이 과거의 존재와 똑같은 모습으로 부활한다는 보장은 없습니다.

답변을 들은 카리엘이 더더욱 이해하기 어려운 표정을 지었다.

대체 왜?

과거의 존재를 부활시키는 것은 이해할 수 있다 쳐도 대체 왜 그들을 다시 부활시키려는지 이해가 가지 않았다.

"대체 왜? 무엇 때문에 부활시키려는 거지?"

카리엘의 물음에도 반투명한 창은 더 이상 답변하지 않았다.

제 할 일이 끝났다는 듯 말도 없이 사라지는 반투명한 창 대신 수르트가 말했다.

-로만의 황제가 왜 그러는지는 알겠군.

"……왜?"

－과거에도 있었으니까.

그렇게 말한 수르트는 과거에 있었던 일 일부를 말해 주었다.

신화시대의 지옥은 지금과 같은 모습이 아니었다. 죽은 자들이 생명을 다하고 영혼으로 남아 소멸되어 거대한 흐름의 일부가 될 때까지 쉬는 곳.

그곳이 바로 그 시절에 지옥이라 불리던 곳이었다.

비록 감옥처럼 밖으로 나갈 수는 없으나 평온과 안정을 주는 궁전 같은 곳이라 했다.

그렇기에 일부 사람들은 지옥의 신인 헬만을 믿으며 죽음도 두려워하지 않는 전사가 되고는 했다.

"로만의 황제는 그곳을 부활시키려는 건가?"

－그런 것 같네. 하지만 뜻처럼 될지는 모를 일이지.

이미 지옥은 변질된 지 오래.

여신 하나가 부활한다고 이미 변질된 지옥이 다시 원래대로 돌아올까?

무엇보다 부활한 여신이 과거의 여신과 똑같은 존재일까?

알 수 없는 일이었다.

그나마 지옥의 여신은 지옥에라도 그녀의 힘이 남아 있다.

그렇다면 마왕이 부활시키려는 이는 누굴까?

"마왕은 대체 어떤 자를……"

－한 가지 의심되는 자는 있다.

카리엘의 말에 수르트가 아까보다 심각한 표정을 지으며 말했다.

"저승과 관련된 신이 또 있다고?"

－지옥과 관련된 신은 아니지. 하지만 죽음과 관련된 신은 있다.

수르트의 말에 카리엘이 고개를 갸웃거렸다.

자신이 아는 바로는 없었기 때문에 그가 말해 주기만을 기다렸다.

그러자 수르트가 어느 때보다 심각한 표정으로 말했다.

－오딘.

"뭐?"

－과거의 주신. 그가 바로 죽음의 신이자 마신이라는 또 다른 이명을 가진 신이다.

수르트의 말에 카리엘의 표정이 굳어졌다.

"신화시대의 주신이…… 마신이라고?"

－그래.

"하지만 오딘은 완전히 소멸했을 텐데?"

－그건 확실하다. 내가 직접 확인했었으니까. 다만…… 나처럼 유물 안에 영혼 조각이 남아 있다면 어떤 형태로든 부활할 가능성이 있지. 다만 신의 형태로 부활하려면…… 지옥의 힘이 있다 한들 막대한 대가가 필요할 거다.

여기까지 들은 카리엘은 순간 전생의 기억이 머릿속에 스쳐 지나갔다.

이번 생처럼 지옥에 대한 어떤 정보도 없이 그저 막기에 급급했던 시절. 그 당시, 마왕은 자신들의 부하들이 죽는 것도 신경 쓰지 않고 그저 인간들을 더 많이 죽이는 것에 더 즐거움을 느끼는 미친놈이었다.

글렌에게 막혀 마계로 다시 돌아가는 그때까지도 웃고 있던 미친놈.

만약 그게 아니라면?

이미 목적한 바를 전부 이룬 것이라면?

마신은 깨어났을 것이고, 동대륙을 장악한 로만에 의해 지옥 역시 강림했을 것이다.

"……희망이 없었군."

제국을 지켜 낸 것에 만족했던 과거의 자신이 얼마나 오만했던 것인지 이제야 깨달을 수 있었다.

동시에 신이 어째서 자신을 다시 환생시킨 것인지도 제대로 알 수 있었다.

-괜찮냐?

"……그래. 일단은…… 복잡한 생각은 뒤에 하기로 하고, 저 빌어먹을 지옥문부터 닫아 보자."

수르트의 물음에 그렇게 답한 카리엘은 모든 힘을 쥐어짜 내 가름의 영혼 조각에 쏟아붓기 시작했다.

카리엘이 지하 유적지에서 가름의 영혼 조각에 힘을 쏟고 있을 무렵, 로만은 빠르게 후퇴했다.

로만의 황제가 밖으로 나와 후퇴를 명했기 때문이다.

이그니트의 기습적인 공격으로 치명적인 타격을 입었지만 끝끝내 버틴 덕분인지, 뒤늦게 도착한 산드리아의 도움을 받으며 천천히 후퇴를 시작했다.

반면에 마족들은 달랐다.

마왕이 지옥문을 통해 지옥으로 가 버리면서 군대를 통솔할 지휘관 자체가 사라져 버린 것이다.

밖에만 있던 로칸은 마왕이 사라진 것을 알 수는 없었지만, 마족들에게 무언가 문제가 생긴 것을 단번에 눈치채고는 섬멸 작전으로 바꿨다.

그 판단으로 인해 마족들에게 치명적인 일격을 날릴 수 있었다.

"각자도생인가?"

검은 협곡에서 각자 살아남기 위해 흩어지는 마족의 군대를 본 로칸이 한숨을 쉬었다.

기습적인 한 방으로 큰 피해를 입히긴 했지만, 여전히 부족했다.

여전히 고위 마족들은 많이 살아남았고, 하위 마족들이야

금방 충당할 수 있으니 그들 입장에서도 아쉬운 결과는 아닐 터.

그나마 로만의 군대에 치명적인 피해를 입혔지만 크게 기쁘다고 보기도 힘들었다.

"완전히 끝냈어야 했는데……."

도망치는 로만의 군대를 완전히 박살 냈어야 했다.

분명 적들을 섬멸할 기회는 있었다.

하지만 황제의 안위를 걱정하는 바람에 그 기회를 놓쳤다.

타리온과 황궁 기사단장이 황제의 안위를 확보하기 위해 안으로 진입했고, 제국의 주요 병력도 적들을 완전히 섬멸하기보다 협곡을 완전히 통제하에 두는 데 주력했다.

분명 그때는 그게 맞는 작전이었으나, 지금 와서 생각해 보면 아쉽기만 했다.

자신이 기회를 놓친 덕에 로만의 주력 병력은 산드리아의 도움으로 도망칠 수 있었고, 결국 로만의 황제도 무사히 도망칠 수 있었던 것이다.

"……아쉽군."

어쩌면 큰 적 하나를 완전히 박살 낼 수 있었던 이번 기회를 놓친 것을 후에 두고두고 후회할 것 같은 기분이 들었다.

그 때문인지 한숨을 푹푹 쉬면서 협곡에서 일어난 전황을 살폈다.

로칸이 한숨을 쉬는 사이에도 전투는 치열하게 이어지고

있었고, 사방을 포위해 섬멸 작전으로 이어지는 이그니트의 공세에 적들이 죽어 나가고 있었다.

"사령관님! 로만의 군대가 협곡을 완전히 벗어나려 하고 있습니다."

"2개 군단을 붙여 주지. 끝까지 추적해서 병력을 갉아먹어라."

"명!"

로칸의 명령에 지휘관 중 하나가 고개를 숙이고는 사라졌다.

결국 로만은 이 치열한 전장에서 빠져나가고 말았다.

남은 건 아직 협곡을 전부 빠져나가지 못하고 남은 마족의 군대뿐.

"아직 협곡을 빠져나가지 못한 마족들은 전부 죽일 생각으로 임하라고 전해라."

"예!"

남은 마족들만이라도 전부 쓸어 버리겠다는 생각에 눈을 빛내는 로칸.

하지만 주력 병력만큼은 협곡에 남겨 두었다.

그리고 그런 그의 판단은 옳았다.

곧이어 협곡 전체가 흔들리면서 반쯤 드러났던 유적지가 완전히 그 모습을 보였기 때문이다.

동시에 그의 황제가 그토록 걱정하던 지옥문이 개방되었

다.

회색빛 폭풍 속에서 튀어나오는 기형적인 괴물들.

"폐하께선!"

"안쪽에 계시는 걸로 추정 중입니다. 현재 타리온 경이 찾고 있습니다."

"……아직도 못 찾은 것인가?"

"유적지 바닥에 흔적들이 남아 있었습니다. 유적지의 비밀 공간에 계신 것이 아닌가 추정 중입니다."

부하의 보고에 로칸이 한숨을 쉬고는 정면을 바라보았다.

"폐하의 안위는 타리온 경에게 맡기고 우린 우리의 할 일을 한다."

끔찍한 괴물들이 몰려오는 와중에도 황제의 안위를 걱정하던 로칸이 긴 숨을 내뱉으며 냉정을 되찾고는 하나하나 명령을 내리기 시작했다.

지옥문이 열린 이상 이 협곡을 넘어가지 못하도록 완벽하게 틀어막아야 하기 때문이다.

"전 병력을 협곡 근처로 끌어모아. 저것들이 밖으로 나갈 수 없도록 이중으로 포위망을 만들어야 한다."

"예!"

로칸이 마왕과 로만의 황제가 남기고 간 끔찍한 문을 보면서 남은 병력을 끌어모았다.

끝도 없이 몰려오는 지옥의 존재들을 완전히 막지 못한

다면 이곳을 시작으로 동대륙 전체로 퍼져 나갈 수 있었다.

압도적인 화력으로 협곡에서 몰살시키고 결계를 쳐서 밖으로 나가지 못하게 하는 것이 최선이었다.

"두 번째 작전에 돌입한다. 협곡을 중심으로 겹겹이 둘러싸 섬멸할 것이다. 핵심은 지옥문의 공략이 아닌 지옥의 군대가 밖으로 나가지 못하도록 하는 것이다. 이걸 명심하도록."

"예!"

로칸의 명령에 근처에 있던 지휘관들이 두 번째 작전에 돌입했다.

지옥문이 열렸을 것을 대비해서 만든 작전이 실행되면서 전 병력이 진형을 갖추기 시작했다.

섬멸 작전으로 흩어져 있던 부대들이 다시금 대오를 갖추고 진형을 갖춰 나가자 괴성을 지르며 뛰쳐나오던 아귀들이 하나둘 죽어 나갔다.

단단한 방어진 앞에 쌓인 아귀의 사체들은 하나의 훌륭한 벽이 되어 주면서 이그니트의 방어를 더욱 순조롭게 만들었다.

＊＊＊

그렇게 이그니트의 군대가 지옥의 군대와 싸우고 있을 무렵, 카리엘은 지하에서 사투 중이었다.

"후…… 위쪽은 어때?"

카리엘의 물음에 수르트가 고개를 절레절레 흔들었다.

이미 지옥문을 통해서 아귀들이 쏟아져 나오고 있는 상황이었다.

－네 부하가 너 찾느라 열심히 뛰어다니고 있어.

"아! 네가 올라가서 말 좀 해 줘."

수르트의 말에 카리엘이 깜빡했다는 표정으로 말했다.

－안 그래도 그럴까 생각 중이다.

"다시 올라갈 수 있겠냐?"

카리엘이 내려온 이후 다시금 닫힌 비밀 공간.

－가름의 영혼 조각이 회복되어 가면서 결계도 약해지고 있다. 가능은 할 것 같아.

가름의 영혼 조각이 다른 조각들과 공명하며 결계의 힘이 약해지면서 작은 수르트가 빠져나갈 틈새가 열려 있었다.

그 구멍을 통해 타리온에게 갔다가 다시 돌아올 셈이었다.

"후…… 생각보다 오래 걸리네."

가름의 영혼 조각이 먹어 치우는 힘이 상당했다.

카리엘의 힘만으로는 부족했는지 지옥의 힘까지 같이 받아들이고 있었다.

그럼에도 불구하고 영혼 조각의 빛은 아직까지 완전히 빛을 발하지는 못하고 있었다. 군데군데 빛을 내지 않는 부분이 있었고, 이 부분이 다 채워지기 전까지 카리엘은 꼼짝없이 붙잡혀 있는 신세가 될 수밖에 없었다.

수르트는 카리엘이 안전하다는 소식을 전하기 위해 사라졌고, 그러는 동안에도 몸 안에 있는 화기를 바닥까지 쥐어짜서 불어 넣었다.

그렇게 모든 힘을 불어 넣은 카리엘은 자신도 모르는 사이 의식을 잃어버렸다.

그렇게 얼마의 시간이 지났을까?

수르트의 걱정 어린 말과 함께 의식이 깨어났다.

-……괜찮냐?

"버틸 만은 해."

파리해진 안색으로 겨우 답한 카리엘은 가름의 영혼 조각을 바라보았다.

며칠 동안 모든 힘을 불어 넣어서 그런 것인지 몰라도, 카리엘의 앞에 놓인 가름의 영혼 조각은 거의 모든 부분이 빛을 발하고 있었다.

-조금만 더 불어 넣으면 끝날 거 같다.

"후…… 고작 영혼 조각 하나를 깨우는 게 이 정도일 줄은……."

-신을 물어 죽인 개다. 그 영혼 조각을 겨우 이 정도 선에서 마무리할 수 있는 것 자체가 행운이야.

수르트의 말에 카리엘이 한숨을 쉬었다.

고작 1개의 조각에 이 고생인데 모든 영혼 조각을 모아 가름을 깨우게 된다면 어떻게 될까?

인정을 받을 수는 있을까?

그저 막연히 막강한 존재라고 생각했던 가름이란 존재가 좀 더 현실적으로 다가오자 막막함을 느꼈다.

"새삼 신화적 존재가 대단하게 느껴지네."

그랜드 마스터보다 더 위대한 존재들.

이렇게 생각하니 그들이 얼마나 지고한 경지에 오른 자들이었는지 알 수 있었다.

─이제라도 알면 됐다.

우쭐하는 표정으로 말한 수르트가 다시금 카리엘의 힘 일부 컨트롤해 주면서 낭비되는 힘 없이 온전히 가름의 영혼 조각에 불어 넣을 수 있도록 도왔다.

─마지막이야! 그냥 쥐어짜!

수르트의 호통에 한껏 인상을 찌푸리면서 힘을 불어 넣던 카리엘이 젖 먹던 힘까지 짜내서 영혼 조각의 비어 있는 부분을 채웠다.

그 순간, 가름의 영혼이 담긴 보석에 균열이 가기 시작했다. 그리고 균열이 간 틈으로 엄청난 양의 초록빛 에너지가 발산되었다.

지옥의 힘도, 카리엘의 불의 힘도 아닌 가름만의 독특한 힘이 발산되면서 사방으로 뻗어 나갔다.

마침내 거대한 보석이 완전히 터져 나가면서 가름의 영혼 조각 속에서 거대한 환영이 만들어졌다.

─…….

입을 다물고 가만히 카리엘을 노려보는 거대한 개.

그런 개를 보면서 반갑다는 듯 말하는 수르트.

─오랜만이야.

어느새 수르트의 불덩이는 거대한 거인의 형태를 띠며 희미하게 빛나고 있었다.

스콜 역시 가름의 영향을 받은 것일까?

고개를 갸웃거리면서도 반투명한 형상의 본래 몸을 드러냈다.

─……그녀의 흔적이 사라졌군. 지옥문 역시 오염되었나?

단번에 지옥문의 상태를 확인한 가름이 미간을 찌푸리면서 카리엘을 바라보았다.

─그의 의지를 이은 것치고는 너무 약하군.

─글쎄…… 어떤 의미에선 그 녀석보다 대단할걸.

카리엘을 보면서 한심하다는 듯 말하는 가름의 모습에 수르트가 피식 웃으며 말했다.

가장 가까운 곳에서 카리엘이 어떤 노력을 했는지 보아 온 수르트 입장에선 본래부터 신들의 축복을 받고 온갖 재능을 받아 온 초대황제보다 카리엘이 훨씬 대단했다.

부족한 능력을 오직 머리 하나로 이끌고 갔으며, 초대 황제의 힘을 받고 나서도 부족한 재능을 노력으로 커버했다.

-제법이군.

수르트로부터 기억 일부를 받은 가름이 카리엘을 다시 보
았다.

신으로부터 받은 재능에 불의 축복까지 받으며 압도적인
위용을 보였던 초대 황제. 검술로 그랜드 마스터에 오르고,
불의 힘마저 그 이상의 경지를 개척한 위대한 영웅.

하지만 가름의 첫 번째 조각은 그것보다 부족한 재능을 바
닥까지 긁어모아 지금의 상황까지 이뤄 낸 카리엘이 끌렸다.

-나의 주인 역시 그러했지.

가름의 주인.

과거 저승의 주인이었던 헬 역시 주신에게 강제로 버림받
아 몸의 반쪽이 괴사하고 가진바 권능 역시 제한받은 상황에
서도 기어코 저승의 주인이 된 입지전적인 여인이었다.

-……그래. 난 인정하마.

가름의 첫 번째 영혼 조각이 인정한다는 말을 한 순간, 그
의 초록빛 신형이 가루가 되어 카리엘에게 스며들었다.

가름의 첫 번째 영혼 조각을 깨웠습니다. 예정되었던 두 가지 보상을 받
습니다.
첫 번째 영혼 조각의 인정을 받았습니다. 지옥의 권능이 보다 강화됩니
다.
영혼 조각이 동기화되기를 희망합니다. 따라서 가름이 가진 육체적 재
능에 약간 영향을 받습니다.

가름의 영혼 조각이 카리엘의 몸으로 완전히 스며듦에 따라 일시적으로 카리엘이 가진 육체적 재능이 한층 더 강력해졌다.

그에 따라 육체적 한계 때문에 상승 폭이 둔화되었던 화기 역시 영향을 받았다.

-이제 좀 쓸 만해지겠네.

어느새 작은 불덩이 형태로 돌아온 수르트가 팔짱을 끼며 고개를 주억거렸다.

거대한 크기의 가름의 환영이 한참이나 가루로 변해 카리엘의 몸으로 흘러들어 갔고, 마침내 모든 가름의 환영을 흡수한 카리엘이 눈을 떴다.

-지옥문, 닫을 수 있겠냐?

"아직은 시간이 좀 걸릴 것 같네."

가름의 첫 번째 영혼 조각에 불과했지만, 그것도 전부 감당할 수 없을 정도로 격의 차이가 컸다.

하지만 한 가지는 확실했다.

이 영혼 조각이 건네준 힘을 완전히 다룰 수 있다면 지금보다는 훨씬 더 강해질 수 있을 것이라는 것을……

"일단 올라갈까?"

그렇게 말한 카리엘이 천장을 바라보았다.

그러자 초록빛 불이 천장을 휘감으며 지옥문이 있는 유적지로 향하는 길이 열렸다.

동시에 다른 곳은 낡아도 완전한 형태를 이루던 제단이 무너지기 시작했다.

－할 일을 끝냈다는 건가?

그렇게 중얼거린 수르트가 고개를 돌려 카리엘과 함께 위로 올라갔다.

"폐하!"

"지금부터 지옥문을 닫을 거야. 내 주변에 저 떨거지들이 오지 못하도록 막아."

"명을 받듭니다!"

카리엘의 명령에 타리온이 고개를 숙이며 대답하자 근방에 있던 모든 그림자들과 기사들이 고개를 숙이며 복창했다.

그렇게 카리엘을 중심으로 방어 대형이 만들어지면서 아귀 떼를 막아 내는 동안 카리엘은 로칸을 불렀다.

"지금부터 저 지옥문을 막을 거야. 그러니 사령관은 지옥문이 닫힐 때까지 군을 2개로 나눠."

"2개로 말입니까?"

"그래."

로칸의 질문에 고개를 끄덕인 카리엘이 눈을 빛냈다.

로만의 황제와 마왕이라는 두 적이 있는 이상 이그니트 역시 둘로 나뉘어야 했다.

지옥문을 막아라!

-인류 연맹의 대승!

-대승의 주역은 로칸 바르사유 이그니트 동대륙 총사령관!

-로만, 병력의 절반 이상이 전사.

-마족 다수 전사, 마왕의 행방이 묘연해지며 뿔뿔이 흩어지다!

인류 연맹의 대승에 모든 이들이 기뻐했지만 진실을 아는 자는 도리어 긴장할 수밖에 없었다.

마왕과 로만의 황제를 놓쳤다는 것.

그리고 결국 지옥문이 열리는 것을 막지 못했기 때문이다.

이그니트가 지옥문을 막고 있지만 언제까지 막을 수 있을지 알 수 없었고, 도망친 이들이 언제 다시 지옥문을 탈환하러 올지 알 수 없었다.

그 때문에 이그니트를 제외한 다른 국가의 수장들은 고민에 빠졌다.

반면에 지옥문을 막고 있는 이그니트의 주력군은 평온했다.

"점점 나오는 숫자가 줄어들고 있군."

"그렇습니다."

로칸이 아귀들이 나오는 숫자가 줄어드는 것을 보면서 작게 고개를 끄덕였다.

하지만 여전히 수척한 얼굴에서 근심은 사라지지 않았다.

'군을 2개로 나눠.'

황제의 이 명령이 뜻하는 바는 간단했다.

지옥의 존재와 마족들을 상대할 병력을 나누라는 뜻이었다.

이미 수차례 전투를 반복하면서 어떤 부대가 지옥의 군대를 더 잘 상대하고, 어떤 부대가 마족들을 더 잘 상대하는지 정도는 파악이 끝났다.

문제는 카리엘이었다.

부관들이 물러나고 홀로 남게 된 로칸은 고심에 빠졌다.

"후…… 미치겠군."

지옥문이 빠르게 닫히는 이유는 자신의 황제인 카리엘 때문이다.

문제는 자신의 황제가 지옥의 군대에 가장 압도적인 힘을 보이고 있다는 점이었다.

　로만의 군대 대부분은 지옥에서 불러온 존재들이었고, 이들의 핵심은 강함보다는 압도적인 물량이었다.

　기괴한 생김새, 독, 정신력을 갉아먹은 지옥의 기운들이 문제였다.

　반면에 마족은 순수한 무력 자체가 강했다.

　그렇다면 군을 어떻게 나눠야 할까?

　답은 이미 나와 있었다.

　"후…… 폐하와 일부 병력만 연합군에 보낸다고 하면 미친 놈 취급하겠지."

　그렇게 중얼거린 로칸이 한숨을 쉬었다.

　그가 생각하는 가장 이상적인 형태는 이그니트의 주력군 대부분은 마족들을 소탕하는 데 쓰고, 카리엘과 붉은 유령, 불의 사제들을 주축으로 한 특수군을 만들어 연합군이 만든 방어선을 돌아다니면서 지옥의 군대를 쓰러뜨리는 것이다.

　문제는 특수군의 핵심 인물이 자신의 황제라는 점이다.

　그렇기에 황궁 기사단과 그림자들을 더해서 특수군을 조직하는 게 그나마 가능성이 있었다.

　그렇지만 그게 쉬울까?

　"황제 폐하를 사지로 밀어 넣는 건가?"

"감히 폐하를 최전선으로 밀어 넣어?"

"선을 넘었다!"

당장에 생각나는 반발만 해도 이 정도였다.

군부라고 다를까?

그들의 충성심은 제국민들 이상으로 강했다.

특히 직접 보급선 작전에 뛰어들어 병력들을 지켜 주었던 일화는 많은 병사들에게 감동을 안겨다 주었다.

그렇기에 로칸 역시 이런 결정을 내리고 싶지 않았다.

"그래도 폐하의 뜻을 따르는 게 도리겠지."

이번 결정으로 그동안 쌓은 명예에 먹칠할 수도 있겠지만 그것을 감수해야만 했다.

이것이 단순히 황제의 바람이 아닌, 지휘관 입장에서 보기에도 합당한 결정이었기에 결국 로칸이 미뤄 두었던 서류에 사인을 하고 말았다.

대지옥전 특수군

-특수군 구성 : 붉은유령 전원, 불의 사제 200명, 그림자 전원, 황궁 기사단 전원, 동부군 특수여단. 중앙군 공중 부대 1개

-지휘관 : 카리엘 프레드리히 폰 블레이저

이들을 통해서 산드리아와 로만과 함께 몰려올 지옥의 군

대를 견제한다.

그동안 이그니트의 힘만으로 마족들을 처리한다.

그리고 그 후에 동진하면서 지옥의 군대를 밀어내고 모든 지옥문을 여는 것이 이 계획의 최종 목적이었다.

※

"결국 사인했나?"

"꼭 이렇게 하셔야겠습니까?"

로칸이 사인하고 얼마 뒤, 보고를 받은 카리엘이 만족스레 웃었다. 반면에 타리온은 속이 타는 듯한 느낌이 들었다.

그나마 타리온과 아켈리오가 같이 간다지만, 이그니트의 주력군 거의 대다수가 빠진 채 이동하는 것이다.

그럴 리야 없겠지만, 로만과의 전쟁 도중에 연합군에 배신자가 발생하면 위험해질 수 있었다.

"마왕을 상대하기 위해선 이 정도는 해야 해."

카리엘의 말에 타리온이 한숨을 쉬었다.

"그랜드 마스터가 나오기 전까진 최소 다섯 명 이상이 마왕을 상대해야만 잠시라도 묶어 둘 수 있을 거야."

전생에 글렌이 자신에게 말해 준 마왕의 전력.

현재의 마왕은 마스터 셋 이상이 기사단과 함께 싸워야 묶어 둘 수 있을 것이라고.

만약 마왕이 본래 힘을 대부분 찾는다면 마스터 다섯과 기사단이 뭉쳐야 잠시라도 막아 낼 수 있을 것이라 말했었다.

아직 글렌이 벽을 넘지 못한 이상 이그니트의 주력군 대다수를 투입해야 마왕이 이끄는 군대를 막을 수 있다는 결론이 나온다.

"마왕이 다시 돌아오기 전에 '반드시' 마족의 군대를 전부 정리해야 한다고 전해."

적어도 지금 넘어온 마족의 군대는 전부 전멸시켜야만 했다. 몇 번이나 강조한 명령에 타리온이 고개를 숙이고 물러났다.

─너야 마왕을 알고 있어서 이런 결정을 내렸다지만 로칸이란 놈은 대단하네.

"괜히 제국 최고의 지휘관이라 평가받는 게 아니지."

카리엘이 전생에 겪은 마왕이라는 강대한 존재를 알고 있기에 경계한다 치지만, 로칸은 북부에서 일어났던 일을 토대로 마왕의 강대함을 추정했다.

그리고 그를 토대로 이런 결정을 내렸다.

그의 분석과, 전쟁에 관한 판단력은 제국 내 어떤 이도 따라갈 수가 없었다. 그렇기에 카리엘이 본인이 명령을 내릴 수 있음에도 일부러 로칸에게 짐을 지운 것이다. 제국의 다른 이들이 반발할 수 없도록 로칸으로 하여금 명분을 만든 것이다.

-그래도 도박에 가까운데. 너무 지옥의 군대를 무시하는 것 아니야?

"정 위험하면 그때 가서 불러들이면 되니까."

그렇게 말한 카리엘이 지옥문을 바라보았다.

서서히 크기를 줄여 나가는 지옥문을 보면서 만족스레 미소를 지었다.

"위험하긴 해도 마음은 편하네."

카리엘이 미소를 지으면서 말했다.

지옥문이 점점 작아지고 있다지만 여전히 위험하긴 마찬가지였다.

자칫 지옥문을 잘못 자극했다간 큰일이 발생할 수 있었기 때문이다.

그럼에도 불구하고 황궁에 있을 때보다 마음이 편안했다.

-하긴…… 이곳에 넘어오고 나서 골치 아픈 일이 줄기는 했지.

수르트가 고개를 주억거리면서 말했다.

황궁에 있을 땐 매일같이 카리엘이 직접 명령을 내려야 하는 일이 많았다.

하지만 동대륙에 짱 박히면서 그런 일이 대폭 줄어들었다.

요새에 있을 때도 수련을 핑계로 복잡한 문서 작업은 대부분 수하들에게 떠넘겼고, 이곳으로 넘어오면서도 보고만 받을 뿐 직접 명령을 내리는 일은 대부분 로칸에게 떠넘겼다.

물론 한 국가의 수장으로서 해야 할 일이 있긴 했지만 황궁에 있을 때에 비하면 천국이었다.

　─솔직히 이 정도면 황제 생활도 해 볼 만하지 않냐?

　"그럴 리가."

　수르트의 은근한 말에 카리엘이 말도 안 된다는 듯 단호하게 고개를 저었다.

　솔직히 지금과 같으면 황제란 자리도 해 볼 만은 했다.

　하지만 전쟁이 끝나는 순간, 다른 이들에겐 평화가 찾아올지 몰라도, 카리엘에겐 지옥 같은 생활이 시작될 것이다.

　"전쟁이 끝나는 즉시 동생에게 넘겨 버려야지."

　─과연?

　"동대륙에 짱 박혀 있으면 알아서 황위를 물려받겠지."

　그런 카리엘의 말에 수르트가 코웃음 치면서 말했다.

　─동대륙을 전부 점령하려 하지 않을까?

　"대신들이 그렇게 경우 없는 놈들은 아니야."

　카리엘 때문에 정복 전쟁을 한다?

　대신들의 성향상 말이 되질 않았다.

　오히려 언제나 최대한 안정적인 판단만을 하려고 해서 카리엘이 속 터지는 날이 많았다.

　─글쎄…… 과연 어떨까?

　그렇게 말하면서 의미심장한 미소를 짓고 있는 수르트.

　그런 그를 본 카리엘은 뭔가 불편한 느낌이 들었지만 애써

떨쳐 버리고는 지옥문에 집중했다.

그렇게 카리엘이 지옥문에 집중하는 나날이 계속되면서 점점 넘어오는 아귀들의 숫자도 줄어만 갔다. 그 덕분에 한결 여유가 생긴 제국의 주력군은 마침내 도망간 마족들을 섬멸하기 위해 움직이기 시작했다.

"폐하, 모든 준비가 끝났습니다."

로칸의 보고에 카리엘이 작게 고개를 끄덕였다.

"마왕이 넘어오기 전까지 임무를 완수해야 한다."

"예! 폐하."

"그리고 그랜드 마스터가 탄생하기 전까진 절대 마왕과 어설프게 싸워선 안 돼."

카리엘의 경고에 이번에도 명심하겠다는 듯 로칸이 고개를 깊게 숙였다.

현재 그랜드 마스터가 될 후보로는 글렌과 시카리오 후작이 있었다.

둘 중 누구라도 일단 그랜드 마스터가 된다면 그때부터는 한결 여유가 생기겠지만, 그 전까진 제국 측이 절대적으로 불리했다.

"마왕이 온전한 힘을 가지고 넘어온다고 가정하고 진행해."

그렇게 말한 카리엘은 믿는다는 표정으로 고개를 끄덕이고는 미리 준비한 명령서를 로칸에게 건네주었다.

그러자 로칸은 고개를 숙이면서 명령서를 소중히 갈무리하고는 물러났다.

　　　　　　　　※

얼마 뒤 마침내 정식으로 명령서를 받은 로칸이 주력군 전원을 이끌고 동대륙의 북부를 향해 움직이자 카리엘을 비롯한 대지옥전 특수군 역시 빠르게 부대를 재정비했다.

전원 최상위 전력으로 구성된 병력이 카리엘이 지옥문을 완전히 닫는 시점에 맞춰서 함께 움직였다.

-지옥문이 닫히다!

카리엘의 특수군이 떠난 지 며칠이 지난 시점에 지옥문이 닫혔다는 정보가 흘렀고, 불안에 떨던 연합군과 사람들은 그제야 다행이라는 표정을 지었다.

하지만 그것도 잠시, 이그니트의 주력군 대부분이 마족들을 섬멸하기 위해 떠났다는 소식이 전해지자 발등에 불 떨어진 것처럼 제국에 항의하기 시작했다.

자신들만으로는 로만과 산드리아의 군대를 견제하기가 어려웠기 때문이다.

그리고 그들의 그런 불만은 현실이 되었다.

"산드리아의 대군이 나타났다!"

"로만의 군대다!"

동북부 근방에서 나타난 대군.

그런데 더 심각한 건 그들의 숫자보다 더 많은 수의 지옥의 괴물들이 몰려오고 있다는 점이었다.

이전보다 훨씬 많은 숫자의 지옥의 괴물들 뒤로 하늘 높이 솟구친 회색빛 기둥.

"저것이 소문으로 듣던 지옥문인가?"

연합군의 지휘관 중 하나가 멍하니 회색빛 기둥을 바라보았다.

"군단장님! 어떡합니까?"

"일단 본부에 지옥문이 열렸다고 전해."

"예!"

지휘관의 명령에 황급히 뛰어가는 부관.

그들은 곧바로 연합군의 주력이 이곳으로 모이기를 바랐지만, 상황은 그렇지 못했다.

사막에 회색빛 기둥이 나타난 지역이 한 곳이 아니었기 때문이다.

며칠 간격으로 계속해서 나타나는 회색빛 기둥.

그리고 그곳엔 여지없이 지옥의 군대가 나타나고 있었다.

점점 수를 불려 가는 지옥의 군대는 오로지 연합군만을 향해 미친 듯이 몰려왔다. 그 때문에 한곳에 전력을 집중하지 못한 연합군이 어려운 싸움을 이어 나갈 수밖에 없었다.

이대로라면 연합군의 전선 자체가 붕괴될 상황.

바로 그때, 동북부에 있어야 할 제국군이 가장 위험한 전장에 나타났다.

쿠웅!

제국의 공중 함대가 나타남과 동시에 소환된 거대한 불의 소환체.

그리고 곧, 요새를 금방이라도 점령할 것 같았던 아귀 군단을 화염으로 쓸어 버리기 시작했다.

일반적인 공격으로는 쉽게 죽지 않는 지옥의 군대가 픽픽 쓰러질 정도로 압도적인 상성을 보여 주는 제국의 불의 사제들.

그리고 그들의 중심에서는 이그니트의 황제가 불의 파도를 만들어 내면서 압도적인 위용을 보여 주었다.

"역시 신의 사도인가?"

지옥의 까마귀를 통해 카리엘의 활약을 전해 들은 로만의 황제가 피식 웃었다.

예상했던 것처럼 이그니트의 황제는 지옥문을 닫기 위해 나타났다.

사막 지역에 있는 수많은 지옥문을 전부 닫기 전까진 자신을 찾지 않으리라.

그동안 자신은 그토록 원하던 대계를 이룰 것이다.

"어머니……."

나스트론드에 갇혀 고통받고 있을 어머니와 일족을 위해서라도 반드시 대계는 완성되어야 했다.

대계를 완성시키기 위해서 수많은 사람들이 희생되었고, 앞으로 그럴 예정이다.

하지만 그들의 희생은 전혀 헛된 것이 아니었다.

자신들의 '원죄'로 인해 무한히 고통받아야 할 나날에 비하면 현생의 고통쯤은 충분히 감내할 수 있는 것이었다.

-저승의 낙원.

로만의 황제가 어렸을 적 어머니의 죽음 이후 발견한, 헬의 궁전에 관한 내용이 담긴 고서였다.

어느 날 지옥에서 고통받고 있는 사람들과 그 사이에 있는 자신의 어머니에 대한 꿈을 꿨다.

처음엔 그저 악몽이라고 여겼다.

하지만 꿈은 거듭되었고, 그때마다 그사이에 자신이 아는 사람들의 모습이 하나둘 늘어나는 것을 보았다.

그러던 어느 날, 비밀리에 어린 자신에게 산드리아의 부족장 중 하나가 찾아왔다.

"동대륙의 사람들 대다수는 원죄를 품고 있소."

처음엔 말도 안 되는 소리라고 여겼다.

하지만 산드리아의 부족들은 일정 시간마다 찾아와 자신을 알현하고 그들이 알고 있는 정보들을 알려 주었다.

그리고 그럴수록 자신의 꿈은 더 선명해져만 갔다.

끔찍한 지옥의 풍경 속에서 고통받고 있는 수많은 영혼들.

신기한 건 그들 중에 서대륙 출신의 영혼들은 없다는 것이었다.

'대체 왜?'

처음엔 이런 의문을 갖고 고서를 찾아보았다.

그리고 마침내 이유를 알 수 있었다.

이그니트 초대 황제의 활약으로 지옥의 굴레에서 벗어난 서대륙의 사람들.

반면에 자신들은 아니었다.

어찌하려 로만이 그토록 서대륙을 괴롭혔던 것일까.

어렸을 적에는 이유를 알 수 없었다.

하지만 황제가 된 이후 비밀을 엿보고서야 그 이유를 알 수 있었다.

─역대 황제들은 서대륙 사람들에 대한 부러움과 질투심을 참지 못하였다.

역대 황제들의 사적인 비밀이 기록된 고서. 그곳에는 그렇게 적혀 있었다.

서대륙 사람들에 대한 부러움.

그것은 황제라고 해도 다를 게 없었다.

죽음 이후 자유를 이룩할 수만 있다면 뭐든 할 수 있었다. 하지만 결국 방법을 찾지 못하고 그에 대한 분노를 서대륙에 푼 것이다.

모든 비밀을 알게 되었을 때 창피했다.

'나의 제국이 고작 이런 곳이었나?'

유구한 역사와 전통 속에서 정점에 있는 황제들의 추악한 진실.

더 끔찍한 것은 어느새 자신의 마음속에서도 그러한 마음이 싹트고 있다는 사실이었다.

로만과 동대륙의 국가들의 고통은 오로지 그들의 과오 때문이다.

살아남기 위해 지옥에 굴종했고, 그로 인해 아직도 고통받고 있었다.

고대인들은 이 사실을 철저히 숨겼다. 서대륙의 사람들과 달리 지옥에 굴복한 자신들의 모습을 감추고 싶었기 때문이다.

하지만 이로 인해 상황은 더 심각해졌다.

지옥에 대한 정보는 점점 사라져 갔고, 끝내는 지옥에 관한 이야기를 헛소문으로 취급하는 상황에 이르렀다.

-지옥은 신화시대의 멸망과 함께 사라졌다.

대륙의 고고학자들의 주된 의견이 이러하니 더 말할 것도 없었다.

물론 모든 동대륙의 사람들이 고통받는 건 아니었다.

서대륙 출신들과 연을 맺을 경우 고통에서 해방될 수도 있었다. 하지만 이 사실을 너무 늦게 알았다.

이미 로만과 서대륙은 돌이킬 수 없는 사이가 되어 버렸기 때문이다.

동대륙의 사람들의 영혼이 나스트론드라 불리는 끔찍한 지옥에 떨어지는 저주를 끊어 내기 위해선 과거 자비로웠던 죽음의 여신을 다시 깨우는 수밖에 없었다.

모든 진실을 알았을 때, 산드리아의 부족장들이 어째서 자신을 찾아왔는지 알 수 있었다.

지옥의 제사장.

신화시대 이후 단 한 명만이 될 수 있었던 지옥의 제사장.

로만의 황제에겐 바로 지옥의 제사장이 될 수 있는 재능이 잠들어 있었기 때문이다.

그들의 도움을 받은 로만의 황제는 제사장이 될 수 있었고, 마침내 여기까지 왔다.

"곧…… 완성이다."

이미 수많은 사람이 희생을 치렀기에 더는 뒤로 미룰 수도 없었다.

비록 이그니트와의 전쟁으로 인해 많은 목숨들이 죽었지만, 그들 역시 영원의 고통에서 벗어날 수만 있다면 충분히 만족하리라.

"낙원이여······."

낙원을 위해 땀을 뻘뻘 흘리고 있는 사람들을 바라보았다.

현생의 고통.

하지만 죽음 이후 오랜 세월 겪게 될 고통 대신 평안을 얻기 위해 인내하며 일하고 있었다.

그런 그들을 보면서 로만의 황제이자 지옥의 제사장인 그는 여신에게 기도할 수밖에 없었다.

'어서 빨리 낙원이 완성되기를······.'

간절한 바람과 함께 자신이 이때까지 모은 여신의 흔적들을 바라보았다.

헬의 장신구 중 하나로 보이는 유물을 찾자마자 곧바로 다음 유적지가 어디에 있을지가 보였다.

카리엘이 가름의 조각을 통해 다음 조각이 어디에 있는지 찾을 수 있는 것처럼 로만의 황제 역시 그리할 수 있었다.

고대 지옥의 제사장이었던 조상을 막아섰던 이그니트의 초대 황제처럼 이번에도 역시 카리엘을 통해 자신의 계획을 방해하려는 신.

"이번엔 반드시······."

반드시 원죄의 고리를 끊어 내리라 다짐하며 황제는 주먹을 불끈 쥐었다.

　헬의 유물을 통해 개방한 지옥문들 때문에 이그니트 제국의 황제는 자신보다 한발 늦을 수밖에 없다.

　그가 지옥문을 막느라 정신없는 사이, 몇 개의 유물을 더 찾아내 낙원을 만들 기반을 다질 수 있을 것이다.

*　*　*

　로만의 황제의 생각대로 카리엘은 지옥문에서 넘어오는 아귀와 불타는 망령을 막느라 정신이 없었다.

　불의 파도를 만들고, 붉은 유령과 불의 사제들이 수많은 아귀들을 소멸시켰음에도 불구하고 지옥의 군대는 끊임없이 몰려들었다.

　지옥의 군대는 끝이 없기에 계속해서 막을 수만은 없는 노릇.

　그렇기에 카리엘은 위험을 감수하는 명령을 내릴 수밖에 없었다.

　"모두 빠지라고 해."

　카리엘의 명령에 지옥의 군대를 가로막던 모든 병력이 빠져나갔다.

　그러자 거대한 몸체를 유지하던 수르트와 소환체들이 작

은 불덩이로 변했다.

"쓸어 버려라."

해일을 떠올리면서 자신이 가진 모든 힘을 앞으로 쏟아 내는 순간, 불의 장벽을 만들던 불덩이들이 크기를 키우면서 끝도 없이 몰려오는 지옥의 군대를 덮쳐 나갔다.

파사삭…….

닿는 순간, 재가 되어 자신들이 이 땅에 있었음을 알리는 지옥의 괴물들.

아귀, 불타는 병사, 망령, 투귀할 것 없이 전부 한 줌의 재가 되어 하늘로 흩날렸다.

단숨에 길이 뚫리는 순간, 카리엘이 지친 표정으로 명령을 내렸다.

"뚫어라."

"예!"

카리엘의 명령에 붉은 유령들이 앞장서서 앞을 뚫기 시작했다.

뒤이어 카리엘이 황궁 기사들의 보호를 받으면서 지옥문 앞에 도착했다.

"이번에도 바닥인가?"

그렇게 중얼거린 카리엘은 기사들을 뒤로 물린 후, 수르트에게 바닥을 내리치라고 지시했다. 그러자 바닥에 기묘한 문양과 함께 비밀 유적지가 모습을 드러냈다.

화륵!

가름의 초록 불이 빛을 발하는 순간, 스르륵 열리는 비밀의 문.

가름의 두 번째 영혼 조각을 찾으셨습니다.

반투명한 창과 함께 초록 불에 감싸여 떠 있는 보석이 보였다.

카리엘이 첫 번째 유적지에서처럼 가름의 영혼 조각을 흡수하는 동안, 불의 사제들은 지옥문 주변에 봉인진을 만들었다.

첫 번째 유적지에서는 비록 카리엘이 지옥문을 직접 닫았기에 활약할 수 없었지만 이제는 아니었다.

그동안 놀고 있던 게 아니라는 것을 증명하듯, 지옥문을 통해 온갖 실험을 한 결과, 만든 봉인진을 통해 지옥에서 나오는 괴물들을 최대한 억제했다.

그리고 동시에 붉은 유령들을 통해 지옥의 군대를 처리했다.

그리고 마침내, 첫 번째 조각보다 훨씬 빠른 시일 내에 영혼 조각을 흡수한 카리엘이 직접 지옥문을 닫았다.

-또 닫힌 지옥문. 이그니트의 황제가 인류의 희망인가?

지옥문을 닫을 수 있는 유일한 인간.

또한 지옥의 군대에 압도적인 힘을 보일 수 있는 자.

그것이 이그니트의 황제라는 소문은 대륙 전체에 퍼져 나갔다.

"쓸어 버려라, 수르트."

이제는 당당히 카리엘을 상징하는 이미지가 된 불의 거인.

그가 등장한다면 지옥의 군대로 승리할 수 있다는 소리가 돌 만큼 승리 그 자체가 되어 버렸다.

신화시대에는 불의 마신, 무스펠의 악마라고 불렸으며 심지어 신화시대 이후에는 멸망의 거인이라는 소리까지 들었던 그다.

그런데 이젠 승리의 상징이 된 것이다.

"기분 좋냐?"

-글쎄?

아무렇지 않은 척하지만 애써 미소를 감추고 있는 수르트를 보면서 피식 웃은 카리엘.

가름의 첫 번째 영혼 조각에게 인정받은 이유가 있다는 것을 보여 주듯, 두 번째 조각도, 세 번째 조각도 연이어서 인정받으면서 멈춰 있던 카리엘의 성장세가 가파르게 상승했다.

그럴수록 카리엘은 가장 위험한 지역, 가장 급박한 곳만 찾아다녔다.

-이그니트의 황제가 찾아간 전장은 무조건 승리한다. 그러니 버려라. 그러면 황제가 찾아와 그대들에게 승리를 안겨다 줄 것이다.

연합군의 상황이 좋지 않아 과장되게 홍보하는 것일 수도 있었다. 하지만 중요한 건 실제로 카리엘이 있는 모든 전장은 인류의 승리로 끝났다는 점이다.

그렇게 지옥문을 닫는 횟수가 많아질수록 인류에게서 카리엘의 가치는 수직으로 상승했고, 지금에 와서는 소환수를 부리는 카리엘의 모습은 '영웅' 그 자체가 되었다.

카리엘을 보호하기 위해 양옆에 선 두 마스터조차 카리엘이 보인 위용에 비하면 빛이 바랠 정도로 지옥의 군대에 한정해서는 마스터 이상의 힘을 보여 주었다.

그리고 이러한 모습은 동대륙 사람들에게 깊은 인상을 심어다 주었다.

'대륙의 어떤 지도자도 이런 모습을 보여 주진 못할 것이다!'

동대륙의 어떤 위정자도 칭찬하는 법이 없던 유명한 학자가 카리엘을 찬양하는 내용이 알려지면서 서대륙의 사람들에게 자부심을 안겨다 주었다.

"우리의 황제 폐하시다!"

"서대륙 유일의 황제!"

"서대륙의 영웅!"

인류의 영웅이란 말보다 서대륙에 한정해서 말하는 그들.

그리고 이런 이들보다 더 기뻐하는 자들이 있었으니, 바로 본래 이그니트 제국 출신의 국민들이다.

끔찍했던 과거를 청산하고 대륙에서 가장 위대한 국가로 만들어 준 이.

그를 향한 무한한 찬사를 보냈다.

끊임없는 전쟁으로 어려운 상황이었지만 그럼에도 불구하고 거의 모든 이들이 카리엘의 이름을 연호하며 무한한 지지를 보냈다.

그런 그들을, 카리엘은 실망시키지 않았다.

쿠웅!

"이것으로 아홉 번째인가?"

또다시 가름의 영혼 조각을 흡수한 카리엘이 자신의 팔을 바라보았다.

복잡한 문양이 전보다 한층 더 커져 있었다.

"나중에 이 문양이 온몸을 덮는 거 아니야?"

이미 등과 가슴을 전부 뒤덮은 문양은 팔을 타고 조금씩 내려오고 있었다.

ㅡ아마 그럴지도? 그보다…… 열 번째 조각은 조금 힘들겠어.

수르트의 말에 카리엘이 고개를 끄덕였다.

이미 연합군으로부터 열 번째 조각에 대한 정보를 전달받았는데, 열 번째 조각이 잠들어 있을 지옥문이 이전과는 전혀 다른 규모라는 것이었다.

그것 때문에 카리엘 때문에 자유로워진 연합군 전력 태반이 그쪽으로 몰려가 있는 상황이었다.

"열 번째 조각이 마지막일까?"

-알 수 없지. 한 가지 확실한 건 이전처럼 인정받기는 쉽지 않을 거라는 거다.

수르트의 경고에 카리엘이 작게 한숨을 쉬면서 고개를 끄덕였다.

"그래도 해내야겠지."

그렇게 말하며 카리엘은 아홉 번째 조각의 가루들을 남김없이 흡수한 이후 지옥문을 바라보았다.

어느새 초록빛 불길에 의해 빠르게 줄어드는 지옥문.

첫 번째 조각을 흡수했을 때와는 비교도 되지 않는 속도를 보니 새삼 자신이 성장했음을 알 수 있었다.

쿠구궁!

벌어졌던 공간이 다시금 복구되면서 지옥문의 흔적이 완전히 사라졌을 때, 타리온이 다급히 달려왔다.

"폐하!"

"왜?"

"열 번째 지옥문을 막고 있던 연합군의 전선이 붕괴되었습니다."

"뭐?"

카리엘이 이해가 안 간다는 표정으로 타리온을 바라보자 그가 심각한 표정으로 말했다.

"새로운 지옥의 괴물이 나타났습니다."

타리온의 보고에 카리엘이 고개를 갸웃거렸다.

"용입니다. 거대한 회색빛 용이 나타났습니다."

"용이라고?"

갑자기 나타난 용에 카리엘이 당황할 때 타리온이 추가로 말했다.

"수천 마리의 용도 문제지만 거대한 늑대도 문제입니다. 회색빛 불길을 내뿜는 거대한 늑대들 때문에 전열이 빠르게 무너지고 있다고 합니다."

─결국 거기까지 열린 건가?

타리온의 보고에 수르트가 심각한 표정으로 말했다.

"거기까지?"

─그래.

카리엘의 물음에 수르트가 작게 고개를 끄덕이며 말했다.

─지옥 최하층 나스트론드. 과거 세계수 위그라드실의 근처에 있었다고 알려진 최악의 지옥까지 열린 거다.

"그게 무슨……."

카리엘이 더 말해 보라는 듯, 눈짓으로 재촉하자 수르트가 자신이 알고 있는 바를 말해 주었다.

과거 최흉의 죄업을 가진 자만이 간 지옥.

펜리르의 자손들인 거대한 지옥 늑대와 시체와 위그라드 실을 갉아먹는 용 니드호그의 자식들이 득시글거리는 지옥이었다. 매번 수천 갈래로 영혼이 찢긴 후, 다시금 회복되어 늑대왕 용들에게 다시금 찢기는 형벌을 받는, 끔찍한 곳이었다.

그러자 수르트의 말에 카리엘이 심각한 표정을 물었다.

"설마…… 그들이 살아 있는 건……."

ㅡ펜리르는 죽었지. 하지만 니드호그는 모르겠군. 용들은 멸망 이후에도 살아남았을 가능성이 높으니 그 녀석 역시 살아 있을지도.

"니드호그도…… 마왕보다 강하다고 봐야겠지?"

카리엘의 물음에 수르트가 작게 고개를 끄덕였다.

신화적 존재가 나타날지도 모른다는 생각에 카리엘의 표정이 그 어느 때보다 심각해졌다.

"가름이라면…… 니드호그를 막을 수 있을까?"

ㅡ물론. 이기지는 못해도 이곳을 넘어오지 못하게 막는 것쯤이야…….

가름이 과거의 기량을 모두 회복한다면 이길 수도 있을 것이다. 하지만 현실적으로 그것은 불가능했다.

이미 한 번 영혼이 모두 찢겨 나가서 과거의 드높은 격이 한없이 추락해 버렸기 때문이다.

그럼에도 불구하고 가름이라면 문을 막는 것은 가능할 터.

"하루라도 빨리 가름을 부활시켜야겠네."

가장 깊숙한 곳에 있을 지옥의 존재들마저 넘어오기 시작한 이상 시간이 없었다.

문제는 남부 연합 전선이 무너지고 있다는 것이었다.

-생각할 시간이 어딨어?

"그러게. 언제부터 확률 따져 가며 싸웠다고."

전생에는 그딴 거 없이 항상 최악의 상황에서 싸워 왔던 카리엘이다.

"바로 가자."

"예!"

카리엘의 명령에 곧바로 전 병력이 출발할 준비를 했다.

＊＊＊

아홉 번째 지옥문을 마무리한 카리엘이 남부 전선에 도착했을 때 그를 간절히 기다리는 연합군은 최악의 상황을 맞이했다.

"포기하지 마라!"

"이그니트 제국군이 올 때까지 버텨!"

악을 쓰면서 버티는 연합군.

하지만 연합군을 괴롭게 하는 건 용과 지옥의 늑대들만이 아니었다.

"산드리아군이다!"

이참에 연합군을 박살 내겠다는 각오로 나타난 산드리아의 주력군.

산드리아 최고의 부족들을 이끄는 부족장들이 모두 모습을 드러냈다.

그중 마스터의 경지를 개척한 세 명의 인물들이 연합군을 향해 가장 선두에 서서 돌격해 왔다.

대지의 마도사.

지옥의 주술사.

사막의 황금매.

모두 거창한 이명을 갖고 있는 그들이 연합군의 마스터들을 맞이해 싸워 나갔다.

기사왕 브라이튼과 노장 더글라스, 골란의 왕 바투가 산드리아의 마스터들을 상대로 맞서 싸우면서 시간을 벌어 보았지만 한계가 있었다.

그들이 있음으로 해서 겨우 버틸 수 있었던 전선이 서서히 무너지기 시작했기 때문이다.

"개판이군."

선두에 선 거대한 지옥 늑대들, 그리고 하늘을 휘저으며 회색 불길을 쏘아 내는 용들로 인해 비명을 지르는 인간들.

그 모습을 멀리서 바라본 카리엘의 표정이 찡그려졌다.

하지만 그게 끝이 아니었다.

황태자
은퇴하고
싶습니다

엄청난 숫자의 지옥의 군대가 뒤이어 몰려오고 있었다.

본래라면 진즉에 뚫렸어야 할 방어선.

몇 겹으로 만들어진 방어선이 마지막 방어선만 남겨 둘 정도로 최악의 상황 속에 지금까지 버틴 것은 오직 카리엘이 오면 막아 낼 수 있다는 희망 하나 때문이었다.

"가자."

"예! 폐하."

카리엘의 명령에 고개를 숙인 타리온은 그림자들과 붉은 유령들에게 공격을 명령했다.

동시에 카리엘의 소환체들이 모습을 드러냈다.

-승리의 인도자.

한 학자가 붙여 준 카리엘의 별명.

대륙의 구원자, 불의 성자, 신의 사도, 위대한 통일 황제 등.

카리엘이 가진 별명은 참 많았다.

하지만 현 시점에서 가장 압도적인 지지를 받는 카리엘의 별명은 승리의 인도자였다.

인류를 승리의 길로 데려다주길 바라는 사람의 희망이 모여 만든 별명의 소유자답게 카리엘은 등장하자마자 압도적인 힘으로 밀려가던 전선을 안정화했다.

"와아아아!"

"드디어 왔다!"

"승리의 인도자가 찾아왔다!"

병사들의 함성과 함께 바닥에 처박혀 있던 사기가 순식간에 치솟아 올랐다.

늑대를 피해 달아나기 바빴던 병사들이 희망을 품고 무기를 들고 앞으로 달려 나갔다.

기사들은 다시금 모여서 뚫고 들어오는 늑대를 막아섰고, 공중에서 날아오는 용을 향해 병사들과 마법사들이 힘을 합쳐 공격했다.

"이대로 단숨에 지옥문까지 돌파한다!"

붉은 유령을 주축으로 쐐기 형태로 단숨에 돌파하려는 카리엘의 군대.

그동안 해 왔던 것처럼 카리엘과 불의 사제들의 압도적인 힘으로 일순간 지옥문까지 길을 뚫어 낼 생각이었으나, 이번만큼은 쉽지 않았다.

"로만의 군대가 나타났다!"

그동안 모습을 보이지 않았던 로만의 주력군까지 나타났다.

이번 전투가 앞으로 전쟁 상황에 중요한 분기점이 되리라는 것을 그들도 아는 것이다.

그것을 증명하듯 항상 황제 옆에 붙어 있는 마도사 발칸이 모습을 드러냈다.

"경."

카리엘의 물음에 말없이 앞으로 치고 나가는 아켈리오.

그런 그를 보좌하기 위해 몇 명의 황궁 기사들이 같이 나서면서 길을 터 주었다.

하지만 그들이 끝이 아니었다.

"검은 달이군."

카리엘이 이번엔 타리온을 돌아보자 그가 불안한 표정을 지으면서도 고개를 숙이며 그림자들을 데리고 앞으로 나섰다.

그렇게 로만과 이그니트의 특수 전력들까지 맞부딪히는 상황 속에서 카리엘은 묵묵히 전진했다.

"지옥문만 닫으면 끝난다. 길을 뚫어라!"

"명!"

카리엘의 명령에 소수의 붉은 유령들과 황궁 기사들이 앞을 뚫기 위해 나섰다.

수없이 몰려드는 아귀들과 망령들을 베어 내면서 전진하는 그들.

그동안 지옥문을 닫는 과정에서 수도 없이 많은 지옥의 군대를 박살 내 온 정예들이었지만, 지옥의 최하층에서 나온 늑대와 용은 그들에게도 부담되었다.

그런데 이런 이들 앞에 또 다른 무언가가 나타났다.

"저건!"

카리엘이 놀란 표정으로 앞을 바라보았다.

거대한 뼈들로 이루어진 형체가 짐승의 울음소리와 함께 모습을 드러냈다.

-가름인가?

그렇게 중얼거린 수르트가 스스로 몸집을 불렸다.

어느새 스콜과 아그니 역시 거대화하면서 뼈로 된 가름의 앞에 섰다.

쿠우웅!

카리엘이 자랑하는 세 소환체가 앞을 막아섰으나, 가름의 돌진을 막아서는 게 고작이었다.

"……괴물인가?"

가름의 영혼 조각들을 흡수하면서 급격한 성장을 이룬 카리엘.

그런 그의 성장과 함께 소환체들 역시 많은 성장을 이루었는데, 그런 그들이 가름 하나를 막지 못하고 밀려나고 있는 것이다.

"폐하!"

"아직. 아직이야."

밀고 들어오는 가름을 보며 다급히 말하는 기사를 보면서 고개를 저었다.

비록 밀리고 있지만 소환체들이 버티고 있었고, 거대한 가름이 날뛰는 덕분에 지옥 측 전열이 완전히 박살이 났다.

하필 가름이 지옥문에서 그리 멀리 떨어지지 않은 곳에서 날뛰고 있었기에 근방의 지옥의 존재들은 싸움의 여파를 피해서 앞으로 돌격하고 있었다.

그리고 위험을 감수하고 진격하던 카리엘에겐 바로 이때가 기회였다.

"좀만 더 버텨!"

가름의 꼬리치기에 나가떨어지는 수르트를 보면서 말하고는 재빨리 앞으로 달려 나갔다.

그러자 황궁 기사들이 사력을 다해 길을 열었다.

"폐하를 위해 길을 열어라!"

"길을 터!"

기사들이 고함을 지르면서 지옥의 괴물들을 베어 내면서 잿빛 길을 만들어 냈고, 그 덕분에 지옥문이 코앞까지 다가왔다.

바로 그때, 기다렸다는 듯 지옥문에서 강력한 존재들이 나타났다.

"불쌍한 놈들……."

신화시대 이후 지옥에서 끊임없이 고통받은 거인들이 등장했다.

거대한 뼈밖에 없는 몸뚱이에서는 잿빛 기운이 뿜어 나왔고, 뼈에서는 한기가 뿜어 나와 사막의 모래에 서리를 만들고 있었다.

과거 보급선 방어선 때 만났던 지옥의 거인과는 차원이 다른 강함.

정식으로 지옥문에서 나온 거인의 힘은 비록 생전의 힘 대부분을 잃었지만 강력했다.

웬만한 지옥의 마물들은 전부 녹여 버릴 수 있는 카리엘의 불길을 버티면서 꿋꿋하게 걸어 나왔기 때문이다.

'들었던 것보단 훨씬 약해.'

그렇게 생각한 카리엘이 충분히 해 볼 만하다는 생각이 들었다.

수르트에게 들은 '서리 거인'들에 비하면 약하디약한 존재들. 그렇기에 카리엘은 걸음을 멈추지 않고 전진했다.

지옥문에 다가설수록, 몸에 새겨진 가름의 영혼 조각의 공명 현상은 점점 더 커져만 갔다.

'지옥문에만 도착하면 돼.'

지금껏 보지 못한 거대한 지옥문.

바로 그곳에 박혀 있는 잿빛 보석이 가름의 영혼 조각일 가능성이 컸다.

지옥문의 상단부에 박혀 있는 거대한 보석만 정화한다면 거대한 크기의 지옥문 역시 닫힐 것이다.

"폐하!"

카리엘의 불길을 뚫고 나타나는 거인들을 보면서 로브를 쓴 자들이 걱정스레 말했다.

"저것만 정화하면 된다."

카리엘이 그렇게 말한 순간, 공중에서 강력한 마법 공격들이 떨어졌다.

쾅!

거대한 잿빛으로 물든 얼음의 창이 떨어지는 순간, 불의 방어막이 펼쳐지면서 그것을 막아 냈다.

"쿨럭!"

"괜찮아?"

피를 토한 여인이 품속에서 포션을 꺼내 들이켜면서 다시금 자리에서 일어났다.

"……괜찮습니다."

"상대는 마도사급인가?"

"그런 걸로 추정됩니다."

여인의 말에 카리엘이 한숨을 쉬었다.

"로만의 마도사라면 발칸이군."

그렇게 말한 카리엘이 입술을 깨물었다.

상대는 카리엘에게 시간을 줄 생각이 없다는 듯, 강력한 마력을 뿜어내면서 다시금 마법을 발현할 준비를 했다.

마도사급 마법에 서리거인으로 추정되는 지옥의 거인들.

그것들을 보면서 카리엘이 말했다.

"저 마도사와 저것들을 뚫고 길을 만들어 줄 수 있겠어?"

카리엘의 물음에 로브를 쓴 자들이 일제히 고개를 끄덕였다.

그러자 카리엘도 그들에게 작게 고개를 끄덕여 보이고는 곧바로 불의 힘을 최대로 사용했다.

그 순간, 카리엘의 곁에 있던 자들이 쓰고 있던 로브가 불타며 모습을 드러냈다.

"황제 직속 친위대, 폐하의 명을 받들어 길을 뚫겠습니다."

전원 이마에 붉은 문양을 드러낸 카리엘의 친위대가 전력을 드러냈다.

"상대가 마도사라고는 하지만 지옥의 힘을 받아들였다. 상성상 우리가 우위다."

친위대의 대장 격이 된 토토가 그렇게 말하면서 거검을 휘둘렀다.

쿠웅!

또다시 날아들던 얼음의 창을 그대로 베어 내면서 가장 먼저 움직여 길을 열었다.

그리고 그 뒤를 이리스와 브리온이 움직이면서 몰려드는 거인들의 관절을 꺾거나 잘라 내면서 시간을 끌었다.

동시에 아르슈나가 화염 마법을 극한으로 발휘하면서 최대한 마도사의 신경을 분산시켰다.

황태자 시절부터 유명했던 카리엘의 친위대.

하지만 예전과 똑같은 건 아니었다.

앞서간 이들의 뒤로 수십 명의 인원들이 움직이며 길을 열었기 때문이다. 전부 카리엘에게 직접 불의 축복을 받아 이마에 밝은 빛을 뿜고 있었다.

"크으……."

로만의 마도사.

위대한 경지를 이룩한 마도사였기에 본래라면 친위대 전원이 달라붙어도 힘들었을 이.

하지만 그는 지옥의 힘을 받아들인 게 실책이었다.

마법의 힘은 더 강해졌을지 몰라도, 그 이상으로 강력한 상성을 가진 불의 힘에 친위대에게 제대로 된 힘을 발휘하지 못하고 있었다. 그리고 그것은 거대한 서리거인의 뼈다귀들 역시 마찬가지였다.

그워어어어!

그어어!

멍청한 소리를 내며 울부짖는 뼈다귀들을 뒤로하고 친위대들이 열어 준 길을 통해 마침내, 지옥문 앞에 도착한 카리엘.

그 순간, 초록빛 불길이 뿜어지면서 지옥문을 감쌌다.

동시에 불의 폭풍이 만들어지면서 카리엘과 지옥문 주변을 감싸 버렸다.

-가름의 첫 번째 시험이 시작됩니다.

가름의 시험

초록빛 불이 주변을 휘감기 시작하자, 수르트와 소환체들을 맹렬히 몰아붙이던 거대한 개의 뼈가 그대로 허물어지면서 그 안에 담겨 있던 힘들이 초록빛 폭풍으로 빨려 들어갔다.

그것을 본 로만의 마도사가 인상을 찌푸렸다.

"결국 못 막았나?"

로만의 황제가 그에게 했던 당부.

"막을 수 있다면 최선이겠지만, 그러지 못할 경우 시간이라도 끌거라. 적어도 우리의 대계가 완성될 때까진 시간을 끌어야 한다."

영원의 고통에서 벗어날 수 있는 대계를 위해 시간을 끌어야 하건만, 결국 그조차도 실패하고 말았다.

이제 남은 것은 저 황제가 폭풍 속에서 죽길 바라는 것뿐.

비록 지옥문이 일시적으로 닫혔으나, 지옥의 힘은 계속해서 빠져나오고 있었고 그 덕분에 지옥의 군대는 사라지지 않았다.

로만이나 산드리아 입장에서도 이곳을 쉽게 내줄 수는 없는 노릇.

불리한 상황도 아닌 밀어붙이고 있던 상황이라 사력을 다해 적들을 공격했다.

"황제가 저 폭풍을 나오면 끝이다. 그 전에 적들에게 최대한 피해를 입혀라!"

발칸의 명령에 로만의 군대가 지옥의 군대를 이용해서 이그니트를 괴롭혔다.

하지만 이그니트군은 전원 지옥의 군대를 상정하고 만든 부대라서 그런지 힘의 상성을 이용해 버려 냈다.

문제는 연합군이었다.

"쿨럭!"

"오래도 버텼군."

사막의 황금매의 검이 노장 더글라스의 심장에 박히면서 피가 터져 나왔다.

그러자 더글라스의 눈에서 빠르게 생기가 빠져나가기 시작했다.

"마지막…… 일격…… 지옥……의 힘……인가?"

"맞소."

"……그…… 힘 언젠…… 대가……를……."

"그것도 모르고 썼을까."

황금매가 알고 있다는 듯 쓴웃음을 지었다.

"먼저 지옥에 가 계시오."

그렇게 말한 황금매가 칼을 뽑아 들었다. 그러자 간신히 서 있던 더글라스가 그대로 힘을 잃고 쓰러졌다.

노장 더글라스가 피를 토하면서 쓰러지자 가뜩이나 밀리던 연합군이 더더욱 밀리기 시작했다.

마도 왕국의 마도사 아르칸이 왔지만 때는 늦었다.

마스터급 전력을 이제 와서 맞춘다 한들 기세에서 밀려 버렸기 때문이다.

가뜩이나 흉포한 지옥의 군대에 힘을 못 쓰던 연합군이 연합군의 기둥 중 하나인 더글라스가 죽자 계속해서 밀려났다.

마치 강한 건 너희들이 아닌 이그니트뿐이라는 걸 알려 주듯, 파죽지세로 전선을 뭉개 버렸다.

이참에 연합군의 주력을 전멸시켜 버릴 기세로 공격하던 산드리아의 대군. 그러나 어느 순간 그들의 진격이 멈출 수밖에 없었다.

풀썩!

하늘에서 흉포한 괴성을 지르면서 사람을 잡아먹던 용들

이 하나둘 힘을 잃고 지상으로 추락했기 때문이다.

그러자 산드리아의 지휘관들이 다급히 하늘을 올려다보았다. 하늘을 제 집처럼 휘젓고 다니는 마룡들이 힘을 잃고 쓰러지고, 그것을 시작으로 지옥의 군대들 역시 점차 힘을 잃어 가기 시작했다.

그러자 사막의 황금매가 다급히 지옥문을 바라보았다.

"설마 벌써?"

어느새 더 활활 타오르고 있는 초록빛 불길을 보면서 인상을 찡그렸다.

그들이 예상했던 최악의 상황이 지옥문 앞에 있을 카리엘로 하여금 일어나고 있었다.

로만과 산드리아가 예상했던 것보다 훨씬 빠르게 말이다.

결국 점차 힘을 잃어 가는 지옥의 군대를 미끼로 던져 주고 후퇴할 준비를 하는 산드리아.

당장이라도 무너질 것처럼 흔들리는 거대한 지옥문을 보면서 로만의 군대 역시 후퇴를 결정했다.

하지만 밖에서 보이는 것과 달리 지옥문은 견고했다.

카리엘이 가름의 인정을 받을 때까진 절대 사라지지 않기 때문이다.

가름의 마지막 영혼 조각으로부터 인정을 받으십시오.

카리엘의 머리 위에 떠 있는 반투명한 창.

그리고 그보다 더 위에서 내려다보고 있는 거대한 개.

이성을 잃고 수르트를 공격했던 때와 다르게 카리엘의 힘으로 주술의 속박에서 풀려난 가름의 영혼은 온전한 형태를 띠고 있었다.

그리고 힘 역시 뚜렷한 형태만큼이나 막강했다.

"헉……헉……."

수르트도, 스콜도, 아그니도 없이 오직 홀로 이 시련을 이겨 내야 하는 카리엘은 거친 숨을 몰아쉬면서 가름을 올려다보았다.

무심한 눈으로 이를 드러내고 있는 가름을 보면서 카리엘이 이를 악물었다.

육체도 없고, 생전의 격 대부분을 잃어버린 영혼 조각.

그런 존재에게 카리엘은 고전하고 있었다.

-이게 전부인가?

가름의 물음에 카리엘이 다시금 일어섰다.

이미 한계를 넘어선 지는 오래였음에도 붉게 달아오른 몸으로 다시금 화기를 끌어 올렸다.

그것을 본 거대한 가름의 형체가 다시금 달려들었다.

형체가 없는 초록빛 몸이 카리엘이 만든 화염의 벽을 부숴버리면서 카리엘을 공격했다.

거대한 앞발이 카리엘이 있던 곳을 강타하는 순간, 주변을 활활 타오르는 대지로 만들어 버리는 막강한 힘.

하지만 카리엘은 그것을 피해 내면서 가름에게 저항했다.

-겨우 이 정도로 나의 인정을 받고자 하는가?

가름의 말에 카리엘은 대답 대신 더 큰 불길을 만들어 냈다.

가름은 끝까지 포기하지 않는 카리엘을 더 맹렬하게 몰아붙였다.

-그대는 무얼 위해 이렇게까지 나의 시련을 버텨 내는가?

-그대의 바람은 무엇인가?

-그대를 이 상황에 처하게 만든 세상을 원망하지 않나?

-모든 것에서 도망쳐서 쉬고 싶지 않나?

맹렬하게 몰아붙이면서도 계속해서 묻는 가름의 영혼.

달콤한 환영을 보여 주면서 유혹하는 가름.

과거의 자신을 보여 주면서 지구에서의 행복한 삶을 사는 환영을 보여 주기도 했다.

하지만 카리엘은 대답을 하는 대신 가름에게 불길을 날렸다.

멀리서 보면 어떤 유혹에도 흔들리지 않는 영웅적인 모습. 하지만 실상은 힘든 나머지 대답할 힘도 없었던 것에 불과했다.

'힘들어 뒈질 것 같은데 자꾸 물어 대네.'

이런 속마음이 들리기라도 하듯, 피식 웃은 가름은 계속해서 물었다.

입에 모터라도 단 것처럼 끝도 없이 질문하는 가름.

대답도 안 하는데 계속해서 묻는 가름에게 카리엘이 인상을 찡그리며 물었다.

"그렇게 혼자서만 열심히 말하면 안 지겹나?"

-혼잣말이라……. 그대는 이미 답을 하고 있지 않나?

그렇게 말한 가름이 웃으면서 거대한 앞발을 들어 카리엘의 불길을 가리켰다.

그의 불길에서 무언가 답을 얻은 것일까?

가름은 다시금 웃으면서 카리엘을 공격했다.

-자! 그럼 다시 문답을 시작해 볼까?

다시금 시작되는 공방 속에서 한쪽이 묻기만 하는 기묘한 문답의 시간이 계속되었다.

그렇게 수백 수천 번의 문답이 끝났을까?

이번엔 그 어느 때보다 큰 초록빛 화염을 만들면서 카리엘을 바라보는 가름.

-지옥의 제사장의 대의는 동대륙의 영혼 전체를 위한 것. 너의 대의는 무엇이지?

공격을 멈추고 자신을 가만히 바라보며 묻는 가름을, 카리엘은 마주 응시했다.

그러자 카리엘도 자세를 바로 하고 처음으로 제대로 된 답을 했다.

"나의 대의는 많은 이들이 평화로운 삶을 사는 것."

—거창하군.

가름의 말에 카리엘은 고개를 가로저었다.

"나의 바람은 평화롭고 자유로운 삶을 사는 것. 그것을 이루기 위해선 세상 역시 그리해야 한다는 것을 깨달았을 뿐이야."

카리엘의 대답에 가만히 그의 눈을 바라보던 가름이 하늘을 향해 알 수 없는 울음소리를 내뱉었다.

그 순간, 가름과 카리엘만이 있던 세상이 조금씩 무너지기 시작했다.

—지옥의 제사장에 비하면 너무나도 작은 바람이구나. 하나 그로 인해 만들어진 대의는 누구보다 진실하고 크다.

그렇게 말한 가름이 웃으며 말했다.

—자유와 평화라……. 서로 같은 길을 가고 있으면서도 이리도 다른 방향이라니……. 재밌군. 지켜볼 가치가 있겠어.

그 말을 끝으로 거대한 형체가 서서히 가루가 되어 사라지기 시작했다.

—지켜봐 주마. 너의 대의가 어떻게 이루어질지……. 과연 너의 대의가 제사장의 대의를 뛰어넘을지도…….

신기루처럼 들리는 가름의 음성.

동시에 고정되어 있던 반투명한 창이 새로 생겨났다.

모든 가름의 조각에게 인정을 받으셨습니다. 그로 인해 가름의 시련을
받을 진정한 자격을 획득하셨습니다.
보상으로 지옥의 기억 일부를 받았습니다.

가름의 초록빛 가루들이 흡수되면서 보이는 환영들.

그것은 현재 지옥에서 일어나는 일들이었다.

스스로 지옥에 뛰어든 마왕이 고대 신의 유물을 뿌려 과거
의 망령을 부활시켰다.

산 자는 지옥에 있어선 안 되는 법.

이미 지옥에서 튕겨 나가 마계로 돌아간 마왕은 다시금 대
륙으로 넘어오기 위한 준비를 하느라 여념이 없었다.

하지만 그가 뿌린 유물들을 통해 드높았던 망령들이 부활
하며 지옥은 혼돈 그 자체가 되었다.

이것만으로도 지옥은 경계선이 죄다 박살 난 상황인데, 로
만의 황제가 헬의 흔적들을 이용하여 거대한 제단을 만들면
서 지옥의 옛 궁전(엘류드니르)를 부활시키려 하자 헬의 휘하에
있던 망령들이 부활해 고대의 망령들과 싸우기 시작했다.

마왕과 로만의 황제로 인해 지옥은 끝없는 전쟁에 휘말리
고 말았다.

이미 죽은 헬을 대신해 지옥을 관리하던 모드구드의 역량
을 넘어설 정도의 상황이었기에 머지않아 혼돈의 여파가 대
륙까지 튀어나올 것이다.

"......"

현재 지옥에서 일어난 현상을 모두 본 카리엘은 말없이 이를 악물었다.

이로써 가름의 인정을 받아야 하는 이유가 하나 더 늘어났다. 가름을 이용해 지옥을 막지 못하면 대륙은 멸망 확정이었다.

가름의 영혼 조각이 한데 뭉쳤습니다. 가름의 영혼이 어딘가에 있을 육체로 향합니다.

반투명한 창의 말이 끝나는 순간, 카리엘의 몸에 엄청난 양의 초록빛 가루들이 전부 흡수되었다.

동시에 온몸에 새겨진 문양들이 빛을 발하면서 하늘 높이 솟아올랐다.

대륙의 어딘가에 잠들고 있을 가름의 육체로 사라진 영혼.

그로 인해 충만했던 가름의 기운이 완전히 빠져나가면서, 공허함이 차올랐다.

"헉......헉......"

빛의 기둥과 함께 사라진 폭풍.

그와 동시에 모습을 드러낸 카리엘은 거친 숨을 몰아쉬면서 바닥에 주저앉았다.

─버텨 내. 그리고 그 감각을 잊지 마라.

어느새 다가온 수르트가 카리엘에게 조언했다.

가름의 열 번째 조각을 얻으면서 터질 듯 몸 안을 채웠던 힘과 그로 인해 일시적으로 높아졌던 격.

그 감각은 지독한 공허함 속에서도 희미하게 남아 있었다.

수르트의 조언 덕분일까?

공허함에 허덕이던 카리엘은 눈을 감고 거칠었던 숨을 차분하게 진정시키면서 감각을 조금이라도 떠올리려 노력했다.

그렇게 한참의 시간을 충만했던 힘을 떠올리던 카리엘은 마침내 눈을 떴다.

"폐하."

"지옥문은?"

다급히 다가온 타리온의 부름에 지옥문을 올려다본 카리엘이 한숨을 쉬었다.

가름의 거대한 영혼 조각으로 유지되던 지옥문은 다행히 완전히 사라져 버렸다. 지옥문이 완전히 닫힌 덕분인지 지옥의 군대 역시 완전히 사라진 상황.

남은 것은 엄청난 피해를 입은 연합군과 이그니트의 병력의 신음 소리뿐이었다.

"최대한 빨리 병력을 추스르도록 해."

"로만의 황제를 치러 가십니까?"

타리온의 물음에 카리엘이 고개를 저었다.

"여길 가야 해."

카리엘의 손에서 나온 화염. 그것이 곧 화살표 모양으로 바뀌더니 한쪽 방향을 가리켰다.

"……이곳이 어디를 향하는 것입니까?"

"가름의 육체가 잠들어 있는 곳."

지옥의 수문장이었단 가름의 육체가 잠든 곳.

이제는 완전해진 영혼을 흡수해서 보다 완벽해졌을 가름이 카리엘을 기다리고 있을 것이다.

로만의 황제를 저지하는 것.

마족들을 막아 내는 것.

지옥문을 막는 것.

이 모든 것을 이루기 위한 전제 조건인 가름의 인정.

그것을 받기 위해 카리엘은 친위대와 타리온, 소수의 황궁 기사들만 비밀리에 불렀다.

주요 인원들이 모이자 카리엘이 지친 표정으로 말했다.

"가름의 시험을 받으러 가야 한다."

그 말에 타리온이 불안한 표정으로 말했다.

"설마…… 저희만 대동하고 가실 생각입니까?"

타리온의 물음에 카리엘이 고개를 저었다.

"그럼……."

"황궁 기사와 그림자 몇 명만 붙여 줘."

"폐하!"

이번만큼은 절대 안 된다는 듯 모든 이들이 카리엘을 만류했다.

이번 전투로 연합군은 한동안 전쟁하기 힘들 정도로 피해를 입었고, 이그니트의 주력군 역시 휴식이 필요한 상황이었다.

반면에 로만과 산드리아의 군대는 아니었다.

그들 역시 큰 피해를 입긴 했지만, 지옥의 군대가 있는 이상 위협은 계속될 수밖에 없었다.

"지금은 안 됩니다! 적어도 연합군이 안정화될 때까진 기다리시는 게……."

토토의 말에 카리엘이 단호하게 고개를 저었다.

"조금이라도 더 빨리 가름의 인정을 받아야 해."

그렇게 말한 카리엘이 자신의 생각을 타리온과 친위대에게 말했다.

가름의 인정을 받으러 가려면 자신이 빠질 수밖에 없는데, 만약 상대가 눈치를 챈다면 그쪽으로 병력을 이끌고 올 가능성이 있었다.

그렇게 되면 카리엘도, 구원하러 올 이그니트의 주력군도 위험해질 수 있었다.

만약 이런 상황이 일어나지 않더라도, 이그니트가 빠진 틈을 타, 연합군을 재차 침공할 가능성도 있었다.

지금의 연합군이라면 로만과 산드리아의 동맹군을 막아

낼 수 없을 것이다.

"그래서 연기를…… 하라는 겁니까?"

"그래."

황제와 이그니트의 주력군이 연합군과 함께 있다는 것을 저들에게 보임으로써 만약에라도 일어날 위험을 차단하는 것.

그것이 카리엘이 원하는 것이었다.

"하오나 친위대와 그림자 대다수를 이곳에 남겨 두고 떠나시는 건 너무 위험합니다. 황궁 기사들이라도……."

타리온의 말에 카리엘이 단호하게 고개를 저었다.

친위대, 황궁 기사단, 그림자들 중 하나만 전부 빠져도 저들은 의심할 것이다.

"폐하! 제발 다시 한번만 생각해 주십시오."

타리온이 간절한 표정으로 말했지만 카리엘은 단호히 고개를 저었다.

"지옥문 때도 봤겠지만, 가름의 시험에 들면 누구도 들어올 수 없어."

"하오나 시험이 끝나면……."

"그 때문에 그림자를 대동하는 거야."

그렇게 말한 카리엘이 소수의 그림자와 황궁 기사들로 하여금 만약의 상황에 연락할 수 있도록 해 놓을 생각이었다.

"이번엔 언제 돌아올지 몰라."

카리엘이 심각한 표정을 지으면서 말하자 다들 굳은 표정을 지었다.

이번에 가름의 시험을 받을 때도, 카리엘의 몸 상태는 좋지 않았다. 여기저기 상처를 입은 것은 물론이고, 내상을 아직까지 회복하지 못했다.

신성력을 퍼붓고, 포션을 들이켜도 회복되지 못할 만큼 컸다.

그런데 새로 받을 시련은 이번이 장난으로 여겨질 만큼 혹독할 것이다.

"내가 이곳으로 넘어온 이유가 이곳에 있다."

카리엘이 화염으로 만들어진 화살표를 가리키며 말하자 모두들 말없이 고개를 숙였다.

"내가 없는 동안 무슨 수를 써서라도 연합군을 다시금 정상화해야 한다."

이미 이그니트는 마왕을 막는 것만으로도 버거운 실정이다.

지옥의 군대만큼은 연합군이 주축이 되어 막아 줘야 했다.

카리엘이 이렇게까지 말하자 다들 더더욱 할 말이 없어졌다.

타리온이 자신만이라도 따라가겠다고 끝까지 우겨 봤지만 카리엘의 결정은 변하지 않았다.

결국 모든 이들을 설득한 카리엘이 기본적인 작전을 설명했다.

"내 전용 비공선을 중심으로 같이 움직여. 마치 내가 움직이는 것처럼 호위하도록."

"후방에서 불의 사제들을 더 충원하겠습니다. 황궁 기사들도 더 불러야겠습니다."

아켈리오의 말에 침울한 표정을 짓던 타리온도 의견을 냈다.

"폐하께서 내상을 입은 것처럼 꾸며 보겠습니다."

"시일을 두고 내가 부상에서 회복하지 못한 것처럼 해 봐."

카리엘의 의견에 타리온이 잠시 고민하더니 입을 열었다.

"섣부르게 정보를 흘리면 오히려 의심하지 않겠습니까?"

타리온의 의견에 카리엘이 생각해 보더니 고개를 끄덕였다.

"확실히…… 그럴 수도 있겠네."

의심 많은 검은달과 로만의 황제라면 오히려 의심할 수도 있었다.

오히려 철저하게 숨기면서 카리엘이 건재한 것처럼 꾸미는 것이 그들에게 더 먹힐 것 같았다.

"처음엔 철저하게 정보를 통제하는 게 나을 것 같습니다."

"그래. 오히려 내가 건재한 것처럼 사기 치는 것도 나쁘진 않을 것 같네."

타리온의 말처럼 처음엔 카리엘이 건재한 것처럼 언론에

흘린다.

하지만 카리엘은 계속해서 두문불출하며 밖으로 나오지 않고 언론 플레이만 한다.

그러다 은근슬쩍 치료사들과 사제들이 움직이는 것을 들켜 주는 것이다.

여기까지 가는 데는 시간이 오래 걸리겠지만 가름의 시련이 언제 끝날지 알 수 없는 만큼 시일이 꽤 흘렀을 때, 타국의 언론으로부터 자연스레 카리엘의 건강 이상설이 흘러나오는 것이 더 좋을 수도 있었다.

"이건 너한테 맡길게."

모든 일을 타리온한테 일임한 카리엘이 이제 어떻게 떠나야 할지를 의논했다.

1. 비밀리에 단독으로 움직인다.
2. 대대적으로 지옥문을 수색하는 것처럼 비공선을 띄운 후, 그들 중 하나에 탑승한다.
3. 연합군과 함께 좀 더 전진하면서 시선을 끈 후, 조용히 빠져나간다.

크게 세 가지 방법이 거론되었다.

이들 중 첫 번째 방법이 가장 빠르게 삭제되었다.

로만의 검은달이 굳건한 상황에서 단독으로 움직이는 건

아무리 비밀리에 움직인다고 해도 너무 위험했다.

"결국 2번과 3번 중에서 선택해야 하나?"

그렇게 중얼거린 카리엘이 고심에 빠졌다.

하지만 고심은 길지 않았다.

"2번으로 가자."

그러자 타리온이 좀 더 안전하게 연합군도 동원하자고 했지만 카리엘은 고개를 저었다.

오히려 그것이 더 눈에 띌 수도 있기 때문이다.

누가 봐도 현재 연합군의 상황은 시간이 필요한 상황이었기에, 카리엘은 비공선으로 하여금 주변을 수색하는 것처럼 연기하라고 지시했다.

그렇게 가름이 있는 곳으로 떠나기 위한 작전까지 완성하고 나자 마침내 카리엘은 혼자만 남게 되었다.

"생각보다 떠나는 데 시간이 걸리겠어."

─어차피 네 몸이 완전히 회복되기 전까진 가름의 시련은 어림도 없어.

수르트의 말에 카리엘이 손을 쥐었다 폈다 하면서 고개를 끄덕였다.

가름의 영혼이 떠나면서 단순히 힘만 빠진 것이 아니었다.

온몸을 가득 채우던 힘이 빠지면서 그 힘으로 유지된 육체 역시 이상이 생긴 것이다.

현재 카리엘의 몸은 균형을 잃은 상황이다.

그것을 회복하려면 화기로 빈자리를 가득 메우면서 천천히 육체의 균형을 되찾아야만 했다.

-너무 다급해하지 마.

수르트가 그렇게 말하자 스콜과 아그니가 모습을 드러내며 카리엘을 걱정스레 바라보았다.

그들이 보기에도 카리엘이 다급해하는 게 보였기 때문이다.

"……그래."

대답은 알겠다고 했지만 여전히 카리엘의 얼굴에는 다급함이 묻어 있었다.

༺✻༻

그렇게 초조함 속에서 몸을 회복하는 데 주력하는 사이, 타리온을 중심으로 작전이 진행되었다.

가장 먼저 카리엘과 이그니트의 군대가 뒤로 빠졌다.

지옥문이 완전히 사라지는 것을 확인한 후, 연합군과 함께 뒤로 물러난 이그니트군은 곧바로 병력 일부를 이용해 주변을 수색했다.

동시에 남아 있는 비공선의 개조 작업도 진행했다.

수색할 병력들과 똑같은 비공선을 사용할 것이기에, 모든 비공선을 개조해야만 했다.

그렇게 기존의 비공선을 한층 더 업그레이드할 물자들을 지원받는 동안, 황제 전용 비공선 역시 개조에 들어갔다.

적어도 보이기엔 전보다 더 강력한 무장들로 업그레이드하면서 '여기에 황제가 있소!' 하고 보여 주어야 했다.

덤으로 비밀리에 치료사들과 사제들을 그 안으로 들였다.

지금부터 밑작업을 해 놔야 검은달을 낚을 수 있기에 미리미리 준비하는 것이다.

그렇게 모두가 열심히 움직인 덕분에 카리엘이 몸을 회복하는 시간에 맞춰서 준비가 끝날 수 있었다.

"준비는?"

"끝났습니다. 폐하께서 움직이시기만을 기다리고 있습니다."

카리엘의 물음에 보고서를 건넨 타리온이 작게 한숨을 쉬었다.

그러자 카리엘이 웃으면서 말했다.

"너무 걱정하지 마. 다행히 위치는 로만과 산드리아의 주력군이 있는 곳과는 멀리 떨어진 곳이니까."

"……예."

마지못해 대답하는 타리온의 어깨를 두드린 카리엘은 떠날 준비를 했다.

마지막으로 타리온으로부터 보고서를 본 후, 옷을 갈아입었다.

염색을 하고, 붉은 유령에게 지급된 헬멧과 고글을 썼다.

어떤 상황에서도 대응하기 위해 단검, 장검, 그리고 불의 축복이 새겨진 탄환과 총까지 챙긴 후 수색을 위해 개조된 비공선으로 향했다.

"……5번 수색대."

"예!"

긴장한 붉은 유령의 지휘관을 보면서 우렁차게 대답한 카리엘이 붉은 유령으로 위장한 그림자와 황궁 기사와 함께 군인처럼 답하자 지휘관이 헛기침했다.

황제에게 명령을 내려야만 하는 이 상황에 잔뜩 긴장한 채 말을 더듬은 지휘관.

"……며…… 명령을 하달하겠다!"

끝까지 말을 더듬으면서 말하는 지휘관을 보면서 열심히 군인을 연기한 카리엘이 군례를 올리고는 발을 맞춰 비공선에 올랐다.

-제법인데?

수르트가 제법 군인 연기를 하는 카리엘을 보면서 말했다.

"이래 봬도 예전에 군 생활 엘리트로 끝낸 사람이야."

지구에서의 일을 생각하며 말하는 카리엘을 보며 수르트가 피식 웃었다.

-그런 것치고는 움직임이 영…….

그때 수르트의 말을 한 귀로 흘리던 카리엘의 표정이 구겨졌다.

　명령을 하달받는 것까진 괜찮았는데, 비공선에 들어가는 과정에서 혼자만 발이 틀렸기 때문이다.

　"……오래돼서 그래."

　그렇게 말한 카리엘이 답답한 군복을 풀었다.

　"폐하, 준비가 끝났습니다."

　모든 준비가 끝났다는 그림자의 말에 카리엘이 고개를 끄덕이고는 출발을 명했다.

　그러자 카리엘의 비공선과 함께 수십 대의 작은 비공선들이 동시에 떠오르면서 사방으로 흩어졌다.

　한 가지 의외인 건 군을 재건하느라 정신없을 연합군에서도 다수의 비공선들이 수색에 동원되었다는 점이다.

　그 덕분에 카리엘의 비공선은 큰 의심 없이 가름이 있을 만한 곳으로 움직일 수 있었다.

　"폐하?"

　"멈춰."

　자신의 어깨를 붙잡는 카리엘을 보면서 의아한 표정을 지은 그림자가 황급히 비공선을 조종해 멈췄다.

　아무것도 없는 모래사막.

　그곳에 착지한 비공선에서 내린 카리엘이 조용히 힘을 발현했다.

　그러자 황금빛 모래가 소용돌이치기 시작하더니 모래가

빨려 들어가면서 초록빛 불길이 튀어나왔다.

"폐…… 폐하!"

초록빛 불길에 휩싸이는 자신을 보면서 당황하는 그림자들을 향해 카리엘이 말했다.

"걱정 마라."

그렇게 말한 카리엘은 거대한 불길에 사로잡혀 안으로 끌려 들어갔다.

그렇게 카리엘이 안쪽으로 사라지자 언제 그랬냐는 듯, 모래들이 뿜어지면서 거대한 모래언덕으로 변했다.

이 모든 것이 꿈을 꾼 것 같은 기분이지만, 그들의 앞에 있어야 할 카리엘이 사라지면서 그림자들은 이 모든 현상이 현실이었음을 깨달았다.

"……이 상황을 본부에 전해라."

"예."

이미 몇 번이나 카리엘이 당부했기에, 이런 일이 벌어질 가능성이 높다는 건 알고 있었다.

그렇기에 그림자들은 지금 자신들이 할 수 있는 일을 했다.

본부에 카리엘이 사라졌음을 알리고, 이 지역을 위주로 수색대를 편성하는 것이었다. 혹시라도 검은달이나 산드리아 군대가 올 수도 있기에 언제라도 이곳을 올 수 있도록 준비하는 것이다.

그렇게 모래사막 위에서 하나의 비공선이 다시 하늘로 떠오르며 마치 이 지대를 수색하는 것처럼 연기할 때, 안으로 들어온 카리엘은 거대한 존재를 만났다.

"가……름."

환영이 아닌 거대한 육체로 자신을 바라보는 개를 보면서 카리엘이 침음성을 삼켰다.

─반갑군.

모든 영혼 조각들의 기억을 간직한 가름이 반가운 표정으로 카리엘일 맞이했다.

동시에 이를 드러냈다.

─길게 끌 거 없겠지. 지금부터 나의 시련을 시작하마.

가름의 말에 카리엘이 침을 꿀꺽 삼켰다.

지옥문에서처럼 가름과 싸워야 할 것으로 생각한 카리엘이 힘을 끌어 올리자 가름이 피식 웃었다.

─그 힘으로 나를 상대할 수 있겠나?

─설마…….

가름의 말에 수르트가 당황한 기색으로 나타났다.

─너 또 고약한 취미를……

─아 수르트인가? 큭큭! 너도 오랜만에 내 고향 좀 구경하다 나오는 게 어때?

그렇게 말한 가름이 힘을 발현했다.

　그 순간, 그가 있던 지형이 회색빛으로 변하면서 카리엘의 몸을 지옥의 기운으로 억눌렀다.

　-나의 시험은 간단하다. 그대가 지옥에서 살아 돌아오는 것. 기한은 내가 만족할 때까지.

　"이런 미친!"

　-그럼 잘 갔다 오거라.

　그 말을 끝으로 회색빛 폭풍이 만들어지면서 카리엘을 집어삼켰다.

　가름의 마지막 영혼 조각을 흡수하면서 보았던 환영.

　지옥의 풍경은 그때 보았던 것처럼 개판이었다.

　회색빛 하늘과 검붉은 대지.

　그리고 사방에 널려 있는 뒤틀린 망령들.

　"원래 이런 곳인가?"

　-그럴 리가.

　카리엘의 말에 수르트가 고개를 저었다.

　본래의 지옥은 헬이 있을 시절엔 굉장히 안정된 곳이었다.

　그녀가 죽고 난 이후에도 헬을 대신해 관리하는 여신에 의해 그럭저럭 관리는 되었다.

본래 지옥은 곧바로 거대한 흐름에 합류하지 못한 영혼들이 스스로 사라질 때까지 안식을 얻기 위한 곳이었다.

하지만 지금의 지옥은 전체가 생전에 큰 죄를 지은 이들은 자신들의 악업을 씻을 때까지 죄를 받는 나스트론드처럼 되어 버렸다.

－고대 신들의 영혼 조각들이 생전의 힘을 찾기 위해 망자들을 악령으로 만들고 있어.

악령들이 발산하는 힘을 흡수해 부정적인 힘으로나마 격을 쌓으려는 신들.

그리고 그 부정적인 파장에 의해 다른 신의 파편들도 깨어나려 하고 있었다.

이쯤되면 마왕의 의도를 알 수밖에 없었다.

－마왕은 아마도…… 신들의 시대를 다시 열려는 것 같은데?

"……신의 시대라."

카리엘이 이해가 안 간다는 표정을 지었다.

마족들이 마신을 섬긴다고는 하지만 그것은 순수한 강함에서의 인정이다.

기본적으로 마족들이란 강함을 추구하며 스스로 강해져 더 강한 이를 꺾으려는 본성이 있다.

－이해 못 할 것도 아니지. 더 강한 자를 상대한다는 것은 위험한 일이나, 꺾을 수만 있다면 막혀 있던 벽을 뚫을 수 있을 테니까.

이미 마왕의 경지는 위대한 전설인 시구르드에 버금가는 존재가 되었다.

하지만 그다음 단계로는 나가지 못한 채 헤맬 뿐.

그런 상황에서 불완전하지만 신이라는 존재가 앞에 있다면 다음 단계를 그려 볼 수 있게 된다.

비록 신을 꺾지 못하더라도 그가 존재하는 것만으로도 다음 단계를 꿈꿔 볼 수 있게 되고, 그 꿈을 향해 다시금 전진하다 보면 언젠가는 신의 경지를 넘볼 수도 있을 것이다.

"신화시대의 재림을 바라는 건가?"

과거 신화시대는 신과 거인들의 시대였다면 이제는 인간들과 마족들이 신의 반열에 올라 세상을 지배하는 시대를 만들려는 것이다.

지옥의 불완전한 신들은 신화시대를 여는 데 사용될 제물에 불과할 터.

어찌 보면 끝없이 강함을 추구하는 마족들에게 딱 맞는 세상이 될 것이다. 마왕의 모든 의도를 확실히 파악했으나 문제는 카리엘이다.

"……살아 나갈 수 있을까?"

카리엘의 물음에 옆에 둥둥 떠 있는 수르트가 말없이 지옥을 바라보았다.

냉정하게 말해서 현재 카리엘의 실력으로는 힘들 가능성이 높았다.

그나마 지옥의 기운에 비해 상성상 우위에 있는 불의 힘이 있지만 그것만으로는 지금의 지옥을 버티기 힘들었다.

－인간이다!

－살아 있는 인간이다!

어느새 생명력을 품은 인간을 보고 개 떼처럼 달려드는 아귀들.

그런 그들을 보면서 수르트가 재빨리 말했다.

－최대한 힘을 아껴. 그리고 생각해.

"……뭘?"

수르트의 말에 카리엘이 고개를 갸웃거리며 물었다.

－가름의 의도를 생각해.

분명 처음 카리엘을 보낼 때 가름이 보인 모습은 장난기로 가득한 모습이었다.

－가름도 지금의 지옥을 좋아하진 않아.

헬의 충견이자 지옥의 수문장인 가름.

그런 그가 과연 지금의 지옥을 좋아할까?

여기까지 생각하자 복잡했던 카리엘의 머리가 조금은 정리되는 기분이 들었다.

"그래. 시련이라면 무조건 죽게끔 놔두지는 않겠지."

초대 황제 역시 가름의 시련을 받았을 것이다.

문제는 자신이 초대 황제처럼 재능충이 아니라는 점이다.

언제까지 버텨야 할지도 모르는 상황 속에서 착잡한 표정을 짓고 있을 때였다.

가름의 시련 : ??? 흔적을 파괴하세요.

갑자기 떠오른 반투명한 창을 보면서 카리엘이 고개를 갸웃거렸다.

바로 그때, 코앞까지 다가온 망령들을 향해 수르트가 힘을 발현했다. 동시에 스콜과 아그니 역시 불덩이를 날리면서 참전했다.

본격적으로 망령들과의 싸움이 시작되는 동안에도 고민하던 카리엘이 개 떼처럼 몰려오는 악령들을 하나씩 불태워 정화했다.

??? 흔적이 약화됩니다.
??? 흔적이 약화됩니다.
??? 흔적이 약화됩니다.
…….

악령을 죽이면 나타나는 반투명한 창.

동시에 정화되면서 평범한 망령에서 잿빛 가루가 떨어졌다. 특이한 점은 그것들이 전부 날아올라 어디론가로 향한다는 것이었다.

"아무래도 저곳이겠지?"

-그래.

카리엘의 물음에 수르트가 고개를 주억거렸다.

가름이 자신을 지옥에 보낸 이유.

그것이 저곳에 있을 것이라는 생각에 둘은 본격적으로 힘을 발현하며 몰려드는 악령 떼를 뚫고 지나갔다.

거대화한 수르트가 뚫어 낸 길을 통해, 카리엘이 스콜과 아그니의 보호를 받으면서 잿빛 가루가 몰려드는 곳을 향해 뛰어갔다.

압도적인 우위에 있는 상성 차이로 불의 바다를 만들자 일시적으로 몰려드는 악령 떼가 실시간으로 정화되어 가자 불의 길이 만들어지면서 본래라면 악령들로 인해 발생된 부정한 기운이 완전히 사라졌다.

그러자 그때서야 모습을 드러내는 존재.

꾸르르륵!

"……저건가?"

카리엘의 중얼거림과 함께 지옥의 대지를 흔들며 나타나는 거대한 존재.

한때 위대한 거인 중 하나이자 전사였던 이가 지축을 흔들며 나타났다.

이제는 기록조차 남지 않은, 이름 없는 거인 전사가 생전의 힘의 일부를 되찾아 포효했다.

-……거인 전사인가?

수르트가 안쓰러운 표정으로 이름 모를 거인전사를 바라보았다.

자신의 이름을 되찾기 위해 악령들의 부정한 기운을 모으는 안쓰러운 거인.

본래라면 안식 속에서 시간의 흐름과 함께 완전히 사라졌어야 할 이 불쌍한 거인에게는 이제 자신의 이름을 되찾는 것 말고는 어떠한 의지도 남지 않았다.

수르트 역시 한때는 거인이었기에 강제로 부활한 불쌍한 거인을 보며 안쓰럽다는 마음이 들었다.

생전엔 자신과 싸웠던 거인일 수도 있다.

그의 죽음에 자신이 관여했을 수도 있다.

하지만 그건 전부 생전의 일이다. 죽음마저 방해받으며 이런 식으로 부활하는 건 아니었다.

-저 녀석이 다시 안식을 찾을 수 있도록 도와줘.

수르트의 부탁에 카리엘이 말없이 거인을 바라보았다.

자신의 힘으로도 정화할 수 있을지 알 수 없을 정도로 온갖 부정한 것들이 뒤섞인 괴물 그 자체가 된 거인.

그런 이를 향해 카리엘이 전력으로 화기를 끌어 올렸다.

말없이 힘을 끌어 올리는 것으로 답을 받은 수르트가 두 소환체와 함께 거인을 향해 달려들었다.

그 모습을 보면서 카리엘은 다른 악령들이 오지 못하도록 불의 벽을 쳤다.

―끄아아아아!

카리엘의 불길에 타오르는 신체를 보며 울부짖는 거인.

실시간으로 잿빛 가루가 되어 흩날리는 거인의 육체는 검은 액체처럼 손상된 육체를 쉼 없이 복구시켰다.

그리고 그곳은 다시금 수르트의 주먹에 뭉개지고 카리엘의 불길에 타올랐다.

끝없는 고통 속에서도 수르트와 두 소환체를 향해 달려드는 거인.

"헉……헉……."

식은땀을 줄줄 흘리는 카리엘이었으나, 멈출 수가 없었다.

끝없이 고통을 받고 있는 거인에 비하면 자신의 처지는 그나마 나았기 때문이다.

얼마나 싸웠을까?

분명 벌써 지쳐 쓰러져도 이상하지 않을 시간이 흘렀건만 카리엘은 여전히 버티고 서 있었다.

잠이 쏟아지지도, 배가 고프지도 않는 이상한 현상과 함께 모든 힘을 쥐어짜, 검은 액체 괴물이 된 거인을 정화했다.

거대한 화염의 폭풍을 만들어 쓰러진 거인의 육체 전체를 정화한 카리엘이 지친 표정으로 앞을 바라보았다.

파사삭!

거인의 흔적이었을지 모를 어떤 물건이 재가 되어 사라지자 순식간이 지옥의 일부분이 본래의 형상으로 되돌아오기 시작했다.

그 순간, 반투명한 창이 나타났다.

가름의 시련 일부를 통과하셨습니다.
????의 흔적을 파괴하세요.
?????의 흔적을 파괴하세요.
…….

이름 모를 거인을 완전히 정화하고 나서야 비로소 가름의 시련이 어떤 것인지 확실히 알 수 있었다.

지옥에 혼란을 일으킨 주범들을 처리해 안정을 찾아 주는 것.

문제는 이름 모를 거인도 이렇게 힘들게 정화시켰는데, 신이라 추앙받던 이들은 어떻게 하냐는 것이다.

-가름도 그것까진 바라지 않을 거다.

수르트가 그렇게 말하면서 화살표들을 바라보았다.

잿빛 가루들이 뭉쳐 만들어진 화살표들.

그 화살표들이 향한 방향에는 이름 모를 거인처럼 악령들이 뭉쳐 있는 것이 보였다.

-너한테 신을 상대하길 바라지는 않을 거다.

수르트가 확신하듯 말했다.

저 멀리 잿빛 하늘을 꿰뚫고 솟아오른 화산에서 느껴지는 기운.

그것은 이름 모를 거인과는 차원이 다른 힘이 느껴졌다.

그에 반해 가름의 시련이 가리키는 화살표들은 나약하기 그지없는 과거의 잔재들.

—네게 정말 지옥을 막을 자격이 있는지…… 그걸 확인하고 싶은 것 같다.

한낱 인간이 지옥의 혼란을 진정시켜 줄 거라는 기대는 하지 않는다.

다만 카리엘이 세상으로 빠져나온 지옥의 힘을 막아 낼 수 있는지, 자신이 카리엘을 믿고 걸어 봐도 되는지를 시험하려는 것이다.

지옥을 막을 최소한의 힘과 의지를 직접 확인하고자 하는 것이었다.

"그렇다면 보여 줘야지."

어차피 가름의 인정을 받지 못하면 세상은 멸망한다.

그렇다면 악착같이 버텨 보기라도 해야 한다.

"후…… 진짜 이것만 끝나면 쉴 거다."

그렇게 중얼거리면서 카리엘은 가장 가까운 곳으로 보이는 곳을 향해 발걸음을 움직였다.

기다렸다는 듯, 몰려드는 악령들을 향해 불의 파도를 만들어 내면서 전진하는 카리엘.

그런 그를 뒤에서 지켜보던 수르트는 빙그레 웃었다.

사실 카리엘은 아직 느끼지 못하고 있지만, 지옥에 들어오면서 카리엘의 힘이 부쩍 강해졌다.

동시에 자신과 두 소환체 역시 빠르게 강해졌다.

-이곳에 남아 있었나?

과거 세상을 멸망시켰던 자신의 힘의 일부가 지옥에 남아 있었던 것인지, 지옥에 오자마자 그것이 느껴졌다.

아주 먼 거리를 떨어져 있음에도 불구하고 지옥에 있는 것만으로도 영혼의 크기가 커지고 있었다.

그리고 그건 스콜 역시 마찬가지였다.

한계까지 마모되었던 스콜 역시 지옥에 남은 영혼 조각의 영향을 받았는지 빠르게 영성을 되찾고 있었다.

아그니 역시 위대한 불의 흔적에 영향을 받으며 힘이 강해지고 있었다.

-시련을 끝내고 돌아가면 제법 쓸 만해지겠네.

자신을 비롯해 소환체 전부가 강해지는 것을 넘어 카리엘 본인 역시 한층 더 성장한다면 수르트가 인정할 최소한의 조건은 만족할 터.

그렇다면 가름 역시 인정할 수밖에 없으리라.

"멍하니 뭐 해!"

카리엘의 부름에 미소를 짓고 있던 수르트가 거대한 몸뚱어리를 움직였다.

악령이 덕지덕지 붙은 거대한 망령수의 뿌리들을 모조리

뜯어내면서 카리엘을 위협하는 공격을 차단한 수르트.

이름 모를 거인을 처리했을 때처럼 모든 힘을 쏟아 낸 끝에 또 하나의 과거의 잔재들을 정화해 냈고, 곧바로 다음 지역으로 향했다.

그렇게 화살표를 따라 하나둘 정화시키다 보니 어느새 지옥의 일부분이 예전의 깨끗한 풍경으로 돌아오기 시작했다.

그러자 지옥 내에서 한 가지 소문이 돌았다.

지옥 한구석에 '정화자'가 나타났다!

지옥의 모든 지역이 혼란에 빠져 있을 때, 과거의 안정을 찾아 주는 정화자의 존재가 조금씩 지옥 내에서 활약을 펼치고 있을 무렵, 대륙은 반대로 점차 혼란에 빠져들었다.

로만과 산드리아의 대군이 마침내 자신들의 여신을 모실 거대한 신전을 거의 완성했기 때문이다.

하지만 이그니트는 도울 수가 없었다.

북쪽 설원으로 도망친 마족들이 기어코 다시금 마왕을 강림시킬 준비를 끝냈기 때문이다.

황제 폐하가 없는 자들은 지금?

현시점에서 이그니트의 구심점은 누구일까?

누구한테 묻든 카리엘이라고 답할 것이다.

그런데 그런 구심점이 사라지면 어떻게 될까?

"……형님이 결국 가셨단 말인가?"

황태자로 책봉된 루피엘의 표정은 썩어 들어갔다.

그림자들의 보고에 의해 이그니트의 최상층부만 아는 진실.

"후…… 혹 형님께 무슨 일이라도 일어나는 건…….."

"지금으로썬 믿는 것 말고는 방도가 없습니다."

"동대륙에서 넘어온 작계를 보자면 형님이 아프다는 것을 알려야 한다는 것인데…… 그로 인한 혼란은 어떻게 추스려 야겠소?"

루피엘의 물음에 재상이 가장 무난한 답을 말해 주었고, 그것에 기초해서 대신들이 첨언하면서 기초적인 방안들이 만들어졌다.

오늘도 굵직한 사안들이 연이어 들어오면서 힘든 회의가 끝나고, 모두들 지친 표정으로 각자의 부처로 돌아갔다.

"남아 줘서 고맙소."

마지막까지 남아 있던 루피엘이 재상을 향해 말하자 그 말을 들은 윈스턴이 작게 한숨을 쉬었다.

사실 카리엘이 떠난 후, 그는 자신에게 내려진 밀명의 밑바탕만 만들고 그대로 은퇴하려 했다.

하지만 상황이 점점 안 좋아지더니 도저히 루터에게 맡길 수 없을 만큼 어렵게 변해 갔다.

"재상, 남아 주시오. 지금 상황에서 재상이 빠지면 서대륙마저 혼란에 잠기게 될 거요."

루피엘의 간절한 부탁.

하지만 처음엔 거절하려 했다. 이제는 걸어 다니는 것조차 뼈마디가 쑤셔 힘들 정도인데, 매번 황궁으로 출퇴근할 수는 없었기 때문이다. 그런 재상의 사정을 알기에 루피엘은 곧바로 재상저를 증축해서 윈스턴이 지낼 공간을 만들었다.

윈스턴의 몸이 좋지 않음을 알기에 카리엘처럼 온갖 보약들을 선물해서 각별히 관리까지 해 주는 건 덤이었다.

그러자 윈스턴도 위기감을 느꼈는지 이번엔 카리엘의 핑

계를 댔다.

"그러시오. 나한테 보고할 필요도 없소. 단지 황궁에만 남아 주시오."

단호한 루피엘의 말.

재상이 루피엘을 휘두르고 있다는 말까지 나오고 있음에도 신경 쓰지 않고 윈스턴을 기어코 황궁에 남기는 루피엘.

그 밖에도 갖가지 핑계를 대면서 슬슬 재상직에 물러날 각을 잡았던 윈스턴이었지만, 그때마다 루피엘은 바짓가랑이라도 붙잡을 기세로 윈스턴의 은퇴를 저지했다.

이런 루피엘의 노력에 결국 거절하지 못하고 남게 되어 지금까지 고생하고 있는 것이다.

"후…… 어린 폐하신가?"

밖으로 나온 윈스턴이 나직이 한숨을 쉬었다.

분명 아직 어리고 경험이 부족하긴 하다. 하지만 가장 중요한 순간만큼은 매번 자신이 말려들어 간다.

처음 한두 번이야, 우연이라 친다지만 매번 이런다는 것은 루피엘이 의도적으로 이런 상황을 만들었다는 것이다.

카리엘처럼 판을 만들고 그 안에서 변수들을 제거해 나가는 괴물 같은 정치력은 아니지만, 최대한 양보하면서 중요한 실속들만큼은 챙겨 가는 루피엘 역시 만만하지 않은 존재였다.

"역시 폐하신가?"

어째서 세리엘이 아닌 루피엘을 황태자로 임명하고 떠났

는지 지금에서 알 수 있었다.

분명 지금과 같은 위기 상황에서는 군사적 지식이 뛰어나고, 패황의 자질이 있는 세리엘이 좀 더 황위에 어울릴 수 있었다. 하지만 카리엘은 루피엘을 황태자에 올리고 떠났다.

'철저한 계산하에 절대 물러나지 않아야 할 선을 그어 둔후 거래에 임한다.'

루피엘의 성정은 마법사답게 계산적이며 철저했다.

그런 그가 '양보'라는 것을 배우면서 동시에 그가 그어 둔선을 더 철저하게 지킬 방법을 찾아냈다.

아직은 부족해서 양보하는 것이 많았지만 연륜이 쌓인다면 그가 그어 놓은 선은 점점 전진할 터. 그렇기에 아직 미숙한 지금이 은퇴 각을 볼 절호의 기회였지만…….

"은퇴할 수 있으려나……."

카리엘의 허락을 받았으니 언제든 은퇴할 수 있을 것이라 생각했던 것과 다르게 이제는 스스로 물러날 수 있을지 의문이 들었다.

※

"후…… 힘드네."

오늘도 겨우 방어에 성공한 루피엘이 지친 표정을 지으면서 황좌에 축 늘어졌다.

"고생하셨습니다."

어느새 물을 가져온 시종장을 보면서 루피엘은 작게 고개를 끄덕였다. 시원한 물 한 모금을 마시니 그나마 살 것 같았다.

"형님께서 왜 이 자리를 그토록 싫어하셨는지 이제야 좀 알겠군."

루피엘이 고개를 절레절레 흔들면서 말하자 늙은 시종장이 조용히 보고서를 가져와 올렸다.

재상 윈스턴이 카리엘의 밀명을 받아 따로 움직이는 것처럼, 루피엘 역시 비밀리에 준비하는 것이 있었다.

만약을 대비한 움직임.

-최종 방어선 구축 - 서대륙 요새화 작업.

아직 다른 이들에겐 완전히 밝히지 못한 비밀.

하지만 이미 이그니트 최상부는 이 요새화 작업을 위한 밑작업에 들어갔다. 거인의 협곡 전체를 요새화하는 작업부터 위의 혹한의 협곡 역시 똑같은 작업에 들어갔다.

거기다 거인의 산맥 곳곳에 요새를 설치하는 중이었다.

즉, 여차하면 동대륙 전체를 버릴 각오를 할 준비를 하는 중이었다. 하지만 현재 인류 연합과 함께 싸우고 있는 상황에서 이 비밀이 흘러나가면 어떻게 될까?

단숨에 연합군 자체가 와해될 수도 있기에 철저하게 비밀 유지를 해야만 했다.

"점점 눈치채는 사람들이 많아지는군."

루피엘이 골치 아프다는 표정을 지었다. 아직까지는 그런대로 잘하고 있었지만, 점점 더 비밀을 유지하는 게 어려워지고 있었다. 이미 몇몇 이들은 거인의 요새가 있음에도 불구하고 어째서 철벽의 성에 엄청난 투자를 하고 있는지 의문을 표하고 있는 실정이다.

"최대한 비밀을 유지해야 한다. 정보부 요원을 더 투입해서라도 틀어막아."

"예, 전하."

루피엘의 명령에 조용히 나가는 시종장.

"후…… 형님이 돌아오시면 바로 내려와야겠어."

고작 황제를 대리하는 자리임에도 부담감이 장난이 아니었다. 사실 루피엘이 본인이 생각하기에도 현재의 자신은 역대 황제들을 전부 따져 봤을 때 그리 나쁜 수준은 아니라고 생각했다.

하지만 그건 전체적으로 따져 봤을 때였다.

바로 옆에 자신의 형제이자, 역대 최고를 다투는 황제가 있는데 어찌 비교되지 않을 수 있을까?

조금만 삐끗하면 카리엘과 비교당하면서 '폭군!', '암군!' 소리를 듣게 될 것이다.

지금도 이럴진대 만약 모든 상황이 정리되고, 카리엘이 은근슬쩍 은퇴한다면 어떻게 될까?

"끔찍하군."

인상을 찌푸리며 고개를 절레절레 흔든 루피엘이 눈을 빛내더니 조용히 서랍을 열었다. 아무래도 자신 역시 미래를 위한 준비를 할 때가 된 듯싶었다.

-사직서.

황태자로 임명된 후 한 달 만에 만들었던 사직서.

하지만 험지에서 고생하는데 이런 생각을 하는 것에 회의감을 갖고 애써 미뤄 두었던 생각이었으나 오늘에 이르러서야 비로소 확신을 갖게 되었다.

'난 황제랑 안 맞아.'

이 생각에 확신을 갖게 된 루피엘이 자신의 형이 그러했던 것처럼 조용히 준비를 시작했다.

의외로 준비는 크게 어렵지 않을 것 같다.

자신의 형님이자 황제인 카리엘이 그러했던 것처럼 자신 역시 여론을 만들고 차근차근 준비를 하면 되었기에.

오히려 카리엘보다 훨씬 쉬울 것이다.

이그니트 역대 황제 중 첫손에 꼽힐 황제가 있는 이상 황태자야 사실 누가 되든 큰 상관이 없을 테니까.

"형님, 빨리 돌아오십시오."

카리엘이 하루라도 빨리 돌아와 이 지긋지긋한 황좌를 지켜 주기를 간절히 소망하며 루피엘이 황태자 자리에서 내려올 궁리를 하고 있을 때, 세리엘 역시 자신의 자리를 부담스러워하고 있었다.

"미치겠군."

－이그니트 최종 방어선 계획안.

세리엘이 만든 최종 방어선의 초안.

카리엘의 밀명으로 만든 이 초안의 핵심 인물이 바로 자신이었기 때문이다.

서대륙에 남은 마스터 아이론의 살바토르와 루미너스의 샤르도나를 중심으로 군을 재편해야 한다.

현재 제국에 마스터가 될 후보들이 몇 있었고, 루피엘과 세리엘 역시 그 후보들 중 하나였다. 문제는 다른 이들처럼 마냥 성장을 위해서만 시간을 소모할 수 없다는 것이다.

만약 동대륙의 원정군이 전멸에 가까운 피해를 입는다면 바로 이곳 철벽에서 이그니트의 모든 전력을 집중해야 했다.

그리고 그 인원들을 이끌 인물이 세리엘이었다.

그걸 아는지 마족들을 추적하는 데 집중하던 이그니트군

동대륙 총사령관 로칸이 자꾸만 자신의 일을 은근슬쩍 세리 엘에 던져 준다는 점이다.

"왜 그러는지는 아는데…… 미치겠네."

섣부르게 거절할 수도 없는 것이 로칸 바르사유가 주는 일 들은 전부 그가 성장하는 데 필요한 일감들이었다.

만약 자신이 죽는다면 그를 대신해 이그니트의 전군을 이 끌 이가 세리엘이었기에 미리부터 키워 보려는 것이다.

그런데 예상 이상으로 지휘관으로서 자질 역시 갖추고 있 었으니 로칸 입장에선 더 밀어줄 수밖에 없었고, 지금에 와 서는 부담스러울 정도로 거대한 권한을 받게 되어 버렸다.

이 때문에 군부에서는 최근 이런 소문이 은근히 돌고 있었 다.

"황위 전쟁은 아직 끝나지 않았다."

"사실상 세리엘 저하께 군부의 모든 힘을 맡긴 것이나 다 름없다."

"내정은 루피엘 전하가, 군부는 세리엘 저하가 맡는 것으 로 양립하게 되는 건가?"

이미 황태자가 된 루피엘조차 위협할 정도로 무섭게 성장 하게 된 세리엘의 권력.

예전이었다면 좋아했을지도 모른다.

하지만 지금에 와서는?

"후…… 아무래도 형님이 오시면 사퇴해야겠어."

품속에 넣고 있던 사직서를 꺼낸 세리엘이 한숨을 쉬었다.

언젠가는 이 자리에 다시 오를 날이 있을지도 모른다. 하지만 지금은 아니었다.

적어도 10년…… 아니 20년 후라면 모를까, 그 이전에는 이런 부담스러운 직책을 갖고 있을 생각이 없었다.

"형님, 어서 돌아오십시오."

그렇게 중얼거린 세리엘이 지도를 바라보았다.

자신이 잘못 판단을 내리는 순간, 사라질 수많은 병력.

그렇기에 더 책임감이 막중한 이 자리는 아직 경험이 부족한 자신이 앉기엔 큰 무리가 있었다.

"어떻게든 형님이 오실 때까지만 버텨 보자."

그렇게 다짐한 세리엘이 카리엘이 돌아오기만을 간절히 바라면서 오늘도 수많은 자료들을 찾아가면서 보고서를 검토했다.

※

그렇게 현 이그니트의 미래라 할 수 있는 루피엘과 세리엘 모두 부담감에 짓눌려 괴로워하고 있을 무렵, 지옥에 들어간 카리엘은 다른 의미로 고통 받고 있었다.

-우리를 이끌어 주시오!

-우리의 왕이 되어 주십시오!

-저승의 왕이 되어 타락한 존재들을 쫓아내 주십시오!

수많은 망령들이 카리엘의 앞에 모여들어 왕이 되어 달라 요청했다.

어째서 상황이 이렇게 되었을까?

이유는 간단했다.

가름의 시련 때문에 지옥 곳곳에 자리 잡은 타락한 과거의 잔재들을 정화했기 때문이다.

그들 때문에 요동치던 지옥의 기운도, 타락했던 대지도 다시금 정상으로 돌아오니, 안정을 원하는 망령들이 지옥 전역에서 몰려들기 시작한 것이다.

가름이 저승의 왕이 되는 건 어떠냐고 은근히 물어봅니다.
저승의 왕이 되기! → 저승의 왕이 되기로 결정하는 순간, 모든 시련이 끝나고 가름을 수하로 둘 수 있습니다.

"꺼져."

가름의 제안에 단칼에 거절한 카리엘이 골치 아프다는 표정으로 망령들을 바라보았다.

그리고 그런 그를 뒤에서 재밌다는 듯 바라보는 수르트.

-넌 어째 지옥에 와서도 이 모양이냐?

수르트의 물음에 카리엘은 대답 대신 그를 째려보았다.

'안식을 되찾기 위해선 정화자가 있는 곳으로 가라!'

어느새 지옥에서 당연한 말이 되어 버린 말.

죽음 이후 안정을 원하는 이들은 정화자가 있는 곳으로 향했다.

타락해서 영원히 고통받기 전에 진정한 안식을 들기 위함이었다.

하지만 이런 이들을 노리는 이들 역시 존재했다.

과거의 잔재들은 어떻게든 망령들을 타락시켜 힘을 키우려 했기에 숨어 있던 것을 멈추고 정화자가 있는 곳으로 떠나는 것 자체가 큰 위험이었다.

그렇기 때문에 어느새 지옥은 타락하지 않고 살아남은 망령들과 그러지 못한 자들의 싸움으로 흘러갔다.

그리고 그런 둘의 싸움을 중재하며 어떻게든 카리엘이 정화하는 영역을 넓히게끔 도와주는 지옥의 관리자.

그렇다고 카리엘만 돕지도 않았다.

그녀 역시 자신의 주인인 헬이 다시 부활하기를 바라는 존재였으므로 그저 지옥이 망가지지 않을 최소한의 영역을 확보하게끔 도울 뿐이었다.

정화자(카리엘)+망령 군단 → 지옥의 관리자(모드구드) ← 타락한 과거의 잔재

아직 모드구드에 비하면 힘이 약한 과거의 잔재들. 그렇기에 이 시기를 적절히 이용하여 컨트롤하는 모드구드.

카리엘 역시 쭉정이 수준의 잔재들만 정화해 왔기에 유지되는 아슬아슬한 평화 속에서 지옥은 자꾸만 카리엘로 하여금 선택을 종용하고 있었다.

-지옥을…… 지옥을 구원해 주세요.

어린 나이에 전장에 끌려갔던 한 소년이 눈물을 뚝뚝 흘리며 카리엘에게 부탁한다. 어떤 여인은 자신과 함께 죽은 갓난아이를 안고서 부탁했다. 부디 자신들에게 진정한 안식을 달라고…….

-매정하게 버릴 거야?

수르트도 은근 기대하는 표정으로 물었다.

"세상에 사연 없는 죽음은 없어."

그렇게 말한 카리엘이 망령들의 간절한 외침에도 단호하게 고개를 저었다.

이들의 말처럼 지옥의 왕이 될 수도 있을 거다.

하지만 그렇게 되면 지상은?

마왕과 로만의 황제로 인해 혼란에 빠질 이그니트 제국은?

"반드시 돌아간다."

그렇게 말한 카리엘은 망령들의 외침 속에서도 묵묵하게 자신의 일에만 집중했다. 그러자 그 장면을 멀리서 지켜보던 초록빛 불이 말없이 사라졌다.

"폐하께선 아직인가?"

"예."

아켈리오의 물음에 타리온이 한숨을 쉬면서 대답했다.

"후…… 미치겠군."

이미 오래전에 마스터에 이르렀음에도 불구하고 상황은 점점 더 어려워지고 있었다. 차라리 혼자서라도 앞서 나가 싸우고 싶었지만 그럴 수도 없었다.

"이렇게 자리를 지키고만 있는 게 맞는 것인가?"

아켈리오의 말에도 타리온은 말없이 하늘을 바라볼 뿐이었다. 연합군이 군대를 복구하느라 정신없는 와중에도, 로만의 황제는 자신의 할 일에 여념이 없었고, 시간은 계속 흘러갔다.

그러는 동안에도 카리엘이 타고 있다고 알린 비공선은 제국의 전선 가장 안쪽에서 움직이지 않았다.

"답답하지만 일단은…… 폐하께서 명령하신 것을 수행해야 할 때입니다."

"그리해야겠지."

너무 오랜 시간 움직이지 않았기 때문일까?

며칠 전부터 검은 달이 이그니트 진형에서 기웃거리는 일이 잦아졌다.

게다가 바로 어제는 로만의 군대가 움직이기 시작했다.

움츠러들었던 것도 잠시, 이그니트의 군대가 움직이지 않자 주변으로 확장을 시도하는 것이다.

"눈 가리기로는 한계가 있군."

"예, 이제 슬슬 두 번째 단계로 진입해야 한다는 뜻이죠."

아켈리오의 말에 타리온이 한숨을 쉬면서 말했다.

카리엘이 떠났을 때처럼 수색을 위한 비공선들이 활발하게 움직이고 있으나, 이젠 그것도 한계가 있었다.

오랫동안 움직이지 않는 이그니트군을 보며 뭔가 이상이 있음을 연합군조차 느끼고 있으니 당연했다.

현재 로만이 의심하는 건 두 가지.

'황제가 사라졌다?'

'황제가 위독하다?'

이 두 가지 중에 위독하다는 쪽으로 의심하게 하기 위해 작업을 시작했다.

안 그래도 움직이지 않는 이그니트군을 이상하게 열린 연합군 쪽 인사들이 뻔질나게 드나들었기에, 슬슬 정보를 풀 때가 된 것이다.

"연합군의 주요 인사들에게 조금씩 풀겠습니다."

"호위를 더 강화해야겠군."

타리온의 말에 아켈리오가 쓴웃음을 지으면서 비어 있는 의자를 바라보았다.

오직 황제만이 앉을 수 있는 자리는 비어 있었다.

그리고 이 비어 있는 의자를 지키기 위해 황궁 기사들은 전보다 더 경계를 강화해야 했다.

-이그니트 황제, 사실은 위독하다?

시작은 작은 신문사에서 시작되었다.

사실 이그니트 내부에서는 쉬쉬하고 있지만 인류 연맹 소속의 국가들에서는 이그니트에 무슨 문제가 있는 것이 아니냐는 뉘앙스의 기사들이 종종 나왔다.

하지만 인류 연맹의 중심인 이그니트 황제에 대한 나쁜 소리를 할 수는 없기에 에둘러서 말했을 뿐이다.

그런데 간 큰 신문사가 직접 쉬쉬하던 소문을 조간으로 내 버린 것이다.

"간도 크지."

"그러게."

사람들은 이 간 큰 신문사가 곧 쥐도 새도 모르게 사라질 것이라 생각했다.

하지만 이 신문사는 사라지지 않았다.

곧이어 연쇄적으로 충격적인 소식들이 들려왔기 때문이다.

-이그니트의 최전선에 많은 사제와 치료사들이 파견된 흔적이……

-몇몇 병사들이 거대한 지옥문을 닫을 당시 이그니트 황제가 비틀거린 것을 본 적이 있다 밝혀……

-최근 들어 이그니트 쪽 경계가 더 삼엄해졌다!

연이어서 나오는 소식들.

걱정하는 연합군과는 다르게 이그니트는 크게 걱정하지 않았다.

간혹가다 카리엘이 폐관수련을 해 왔기에 이번에도 그러리라 생각한 것이다.

하지만 이번엔 달랐다.

-로만의 진형에 세워진 거대한 탑.

-정말 지옥의 궁전이 완성되나?

-완성되기 전에 공격해야 하는 연합군. 하지만 움직이지 않는 이그니트 군대.

로만과 산드리아가 그토록 원하는 여신의 궁전이 완성단계에 이르렀음에도 불구하고 여전히 요지부동인 이그니트의 군대.

분명 이건 이상했다.

카리엘의 성정이라면 중요한 시기라도, 여신의 궁전이 완성되기 전에 승부를 보려 했을 것이다.

그런데 움직이기는커녕, 서대륙에서 고위 사제들이 움직인 정황이 발견되어 버렸다.

"정말 폐하의 몸에 무슨 문제라도……."

"예끼! 부정 타네!"

"하지만 이상하잖아."

굳건히 믿고 있던 이그니트 국민들까지 흔들리는 상황.

초대 황제의 환생이라 믿을 정도로 압도적인 지지를 받는 카리엘의 몸에 문제가 생겼다?

어쩌면 생사를 넘나드는 상황일 수도 있기에 이그니트 국민들의 눈에 불안감이 번져 나갔다.

자신들의 희망이 이대로 사라질 수도 있었기 때문이다.

그런 상황에서 연합군 쪽 인사 몇 명이 과하게 술을 마시고 말실수를 하고 말았다.

"이그니트 황제가 위독하다니……. 그럼 우리끼리 저것들을 막아야 하는데…… 할 수 있을까?"

"후…… 이번엔 정말 죽을 자리가 되려나?"

한탄하는 연합군 측 지휘관들.

결국 이들의 말실수로 소문이 일파만파 커져 나갔고, '이그니트 황제 위독설'이란 제목의 신문은 대륙 전체로 퍼져 나갔다.

"후…… 결국 소문을 퍼뜨리는 데는 성공했군."

"예."

아킬레오의 말에 타리온이 한숨을 쉬면서 말했다.

당초 예상했던 것처럼 소문을 퍼뜨리는 데 성공했다.

문제는 예상했던 것보다 카리엘이 더 늦게 나올 가능성을 염두에 두어야 한다는 점이다.

"이런 소문만으로는 한계가 있을 겁니다."

"후방으로 움직이긴 해야겠지."

타리온의 말에 아켈리오가 그렇게 말하며 한숨을 쉬었다.

마음 같아선 가름이 잠들어 있을 사막으로 떠나고 싶었으나 그럴 수가 없었다.

"로만이 의심하는 기색은 없었나?"

"예, 아직까지는요."

그렇게 답한 타리온이지만 그 역시 걱정스러운 것은 마찬가지였다.

눈치 빠른 검은 달이나, 영리한 로만의 황제가 언제 눈치챌지 모르는 불안함 속에서 카리엘이 명한 것을 충실히 이행해 나갔다.

하지만 명색이 동대륙을 주름잡던 로만에서 이런 급조된 계책을 아무 의심 없이 믿어 줄 리 없었다.

"믿질 않는군."

"그런 것 같습니다."

그동안 이그니트에 당한 게 많아서 그런 것일까?

로만은 카리엘의 건강 위독설을 의심하면서 주변에 더 많은 순찰조를 보내면서 수색했다.

동시에 사방으로 움직이는 이그니트의 비공선들을 지근거리에서 감시하려고 했다.

"이대로라면 위험하네."

"하지만 지금 당장은 할 수 있는 게 없습니다."

타리온의 말에 아켈리오가 고심했다.

카리엘이 명한 것은 딱 여기까지였다.

하지만 로만은 계속해서 의심하며 검은 달을 위험 지역까지 밀어 넣으려 하고 있었다.

"로만이 검은 달을 더 밀어 넣는다면⋯⋯."

"여기까지 도달할 가능성은 없습니다."

타리온이 확신하듯 말하자 아켈리오도 고개를 끄덕였다. 문제는 정보란 것이 꼭 목적지까지 당도해야만 얻을 수 있는 게 아니라는 점이었다.

"만약 저들이 더 밀고 들어온다면 살짝 뒤로 물러나세."

"음⋯⋯."

아켈리오의 말에 타리온이 고민하더니 작게 고개를 끄덕였다.

그리고 그 결정은 옳은 결정이 되었다.

무슨 확신인지, 로만의 정예군대가 그들이 있는 곳으로 치고 나왔기 때문이다.

지옥의 군대가 아니었기에 붉은 유령의 활약도 제한적이었다.

그렇기에 타리온과 아켈리오는 황급히 뒤로 물러났다. 혹시라도 저들이 이곳에 접근한다면 카리엘이 없는 것이 들킬 수도 있기 때문이다.

그렇게 후퇴한 이그니트의 군대는 최전선에서 물러나 다시 진지를 꾸렸다.

분명 당연한 반응이었고, 누구나 납득 가능한 결정이었다.

카리엘의 성정상 위험을 감수하고 정예 병력을 움직이려 했고, 그건 이미 대륙에서도 유명한 일이었다.

"그런데 대체 어디서 의심을 했을까?"

아켈리오의 말에 타리온의 표정이 굳어졌다.

자신 역시 대체 어디서 정보가 새어 나간 건지 알 수가 없었기 때문이다.

"……일단 연합군부터 움직이시죠."

"후…… 내가 직접 다녀오지. 자넨 먼저 출발하게."

아켈리오의 말에 타리온이 고개를 끄덕이고 움직였다.

-로만의 군대가 폐하가 사라진 근방까지 도달했음.

-검은 달로 추정되는 요원의 숫자가 상당히 많았음.

그림자로부터의 들어온 보고에 타리온과 아켈리오는 설마 했었다. 하지만 점차 늘어만 가는 검은 달의 요원들과 어느새 산드리아 측 군대 역시 근방에 조금씩 접근하기 시작했다.

그리고 그제야 확신할 수 있었다.

'걸렸다!'

그렇게 생각한 타리온과 아켈리오는 더 기다릴 것도 없다는 듯, 곧바로 군을 움직인 것이다.

마침 연합군에서도 완편된 군대가 상당했기에, 이그니트의 지원 요청에 응하며 곧바로 군을 움직였다.

그리고 그걸 본 로만의 황제가 빙그레 웃었다.

"아쉽긴 하지만 이 정도로 봐주도록 하지."

헬의 종이자 지옥의 수문장인 가름.

그가 거부하기에 이그니트의 황제를 직접 잡는 것은 어렵다.

카리엘이 지옥에 간 이후, 그의 행방을 알고 있었던 로만의 황제가 지금껏 잠자코 있었던 이유가 바로 이 때문이다.

하지만 그의 시련이 끝난다면 어떨까?

그때라면 이그니트의 황제를 사로잡을 각을 볼 수 있었다.

알 수 없는 힘으로 보호되는 곳에서 나오는 바로 그 순간,

이그니트 황제를 사로잡을 기회가 생기는 것이다.

그것을 위해 가름이 있을 곳으로 추정되는 사막 지역 근방에 간이 지옥문을 수십 개나 만들어 뒀다.

황제가 나오는 순간, 엄청난 숫자의 지옥의 군대가 그를 둘러쌀 것이다. 지옥의 여신을 모실 궁전은 완성 단계이니, 그녀를 부를 제물만 남은 상황.

로만의 황제는 그 제물로 이그니트 황제를 선택했다.

"어서 돌아오시게."

로만의 황제가 자신의 지팡이에 달린 구슬을 바라보았다.

제사장만이 사용 가능한 이 지팡이는 아주 잠깐이나마 지옥을 둘러볼 수 있는 힘을 가졌다.

그리고 그 지팡이에는 붉은 화염으로 넘길 거리며 타락한 지옥을 정화하는 모습이 보였다.

수많은 망령들을 불러 모으는 화염을 바라보던 로만의 황제가 높이 쌓아올린 탑을 바라보았다.

"대계의 마지막 단계인가?"

그렇게 중얼거린 로만의 황제가 부디 동대륙의 영혼들에게 안식이 깃들기를 다시 한번 소망했다.

<hr />

동대륙의 사막에서 주도권이 걸린 대전쟁이 일어날 준비

를 하는 동안, 동대륙 서부 역시 대전쟁의 조짐이 일어났다.

쿠웅!

북쪽 설원에서 일어나는 강력한 마력의 파장.

동시에 까마귀로부터 하나의 소식이 거인의 요새에 전달되었다.

-검은 빛기둥이 생성됨. 마왕 강림으로 추정됨.

황태자를
은퇴
하고
싶습니다

마왕군

결국 카리엘이 그토록 염려하던 일이 발생했다.

지옥에 갔다가 마계로 돌아갔던 마왕이 결국 다시금 대륙에 발을 디딘 것이다.

이것을 막기 위해 이그니트의 주력군이 설원까지 쫓아갔지만, 결국 실패하고 말았다.

"빌어먹을."

"결국 흑마법사들을 마무리 못 한 것이 컸다."

태양검의 말에 피레스 공작이 상황이 이렇게 된 것을 냉정이 분석했다.

서대륙에서 비밀 기지를 만드는 장인으로 불렸던 흑마법사들이 설원에서도 똑같이 비밀기지를 만들면서 이그니트의 주력군의 추격을 따돌렸다.

무엇보다 여러 갈래로 찢긴 마족의 군대들이 사방에서 이 그니트 주력군을 괴롭힌 게 컸다.

마군단장 하나와 마스터급 마인 둘을 희생하면서까지 시간을 끈 그들로 인해 시간을 끌리는 사이 나머지 마족의 군대가 추격을 완전히 따돌려 버린 것이다.

결국 설원의 극심한 추위와 부족한 식량, 물자 등으로 인해서 장기간 추격전을 하지 못하고 되돌아오면서 재정비를 하는 사이 마왕이 강림했다.

"그래도 마군단장 하나와 마스터급 마인 둘을 죽였잖나."

"의미가 있나? 마군단장이야 마계에서 또 데려오면 그만인 것을."

클레타 공작의 말에 피레스 공작이 한숨을 쉬면서 말했다.

그러자 가만히 듣고 있던 교황이 무겁게 고개를 떨구었다. 그의 말처럼 마족의 군대 입장에서 마군단장과 마스터급 마인 둘 정도 죽은 건 아무런 문제가 되지 않았다.

마계에는 마군단장들이 다수가 있었기 때문이다. 무엇보다 마왕이 어느 정도의 힘을 회복했냐는 것이 가장 중요했다.

"급보입니다! 설원에서 다수의 마왕군이 나타났다고 합니다."

"규모는?"

"최고 과거의 주력군 수준이라 합니다."

부하의 보고에 클레타 공작이 이를 갈며 책상을 탕 쳤다.

거의 절멸에 가까운 피해를 입힌 게 바로 몇 달 전이다. 그런데 상대는 또다시 그 정도 규모의 군대를 이끌고 나타나고 있었다.

"그들의 방향은?"

"혹한의 협곡 쪽입니다. 이미 제국 쪽 주력군이 그쪽으로 향하고 있다고 합니다."

"그럼 우리도 그쪽으로 가지."

장교의 보고에 마스터들이 다급히 일어나며 군을 움직이기 위해 막사 밖으로 나왔다.

바로 그때, 또 다른 장교 하나가 다급하게 달려와 말했다.

"큰일 났습니다! 수색을 위해 나간 성기사단 하나가 전멸했습니다!"

"뭐? 그게 무슨 말이냐!"

태양검이 사색이 되어 물으려는 순간, 무엇인지 알 수 없는 막강한 힘이 그들을 짓눌렀다.

"큭!"

"도망쳐야 하오!"

"그 무슨……."

다급히 말하는 피레스 공작의 말에 태양검이 무슨 말도 안 되는 소리냐는 듯 고성을 지르려 했다.

"폐하의 당부를 잊으셨소?"

피레스 공작의 말에 태양검의 표정이 굳어졌다.

자신들을 짓누르는 기세는 마스터급에서는 나올 수 없는 종류의 힘이었다.

무엇보다 그를 더 두렵게 하는 건 이 힘이 저 멀리 산 뒤에서 나온다는 점이었다.

실로 말도 안 되는 힘의 영역.

"그래도 싸워 보지도 않고……."

태양검의 말에 교황이 고개를 저었다.

마음 같아선 교황 본인도 싸우고 싶었다. 하지만 산 뒤에서 대놓고 힘을 드러내며 도발하는 마왕으로 추정되는 이는 그것을 바랄 것이다.

결국 후퇴하기로 결정한 이그니트 주력군이 재빨리 남하를 시작했다.

─시시하군.

대놓고 도발했음에도 불구하고 후퇴를 결정한 인간들을 보면서 혀를 찼다.

단독으로 제국의 수색대와 기사단을 박살 내면서 산을 넘어온 마왕이 다급히 후퇴하며 남긴 인간 진영의 잔해들을 바라보았다.

과거 1할의 힘을 사용할 수 있었을 때보다 조금 강한 수준.

정확히 그 수준으로 꾀여 볼 생각이었다.

인간 측에서도 이길 수 있을지 모른다는 수준 정도로만 힘을 개방했음에도 줄행랑을 쳤다.

이것이 단순히 무서워서 도망친 것인지, 아니면 뒤쪽에 남겨 둔 뭔가가 더 있는지는 현시점에서 알 수 없었다.

−후자였으면 좋겠군.

그렇게 중얼거린 마왕이 빙그레 웃으면서 천천히 남쪽으로 발걸음을 옮겼다.

마계에서 힘을 회복하는 데 주력한 덕분일까?

4할이 넘는 힘을 회복한 마왕이기에 무엇이 나오든지 살아나갈 여유가 있었다. 그렇기에 더욱 기대가 되었다.

−최후의 발악으로 무엇을 보여 주려나?

자신이 다시 대륙이 발을 디딘 이상 인류는 멸망이나 다름없다.

이제 남은 것은 지옥에서 과거의 힘을 회복한 '신'들과 이곳에서 싸우는 것뿐.

−이곳에서 나 역시 신의 반열에 오를 것이다.

그렇게 선언한 마왕이 여유롭게 움직였다.

지루할 정도로 아무것도 없는 땅에 마침내 인간의 요새 하나를 발견했다.

하지만 그뿐, 인간들은커녕 생명체 하나 없는 빈 요새.

그에 실망한 마왕이 강력한 힘으로 요새를 통째로 지워 버렸다.

쿠우우우우!

-무엇을 준비했는지 모르겠지만 시시하지 않았으면 좋겠군.

지루함에 분노가 끓어오른 마왕이 인간들에게 경고할 겸 비어 있는 요새들을 닥치는 대로 소멸시키면서 남하했다.

그리고 그것을 본 이그니트 군대의 사기는 빠르게 떨어졌다.

옛 로만의 영토에 있는 요새들이 하나둘 흔적도 남김없이 사라졌다.

카리엘의 명령을 제대로 지키려는지 힘들게 점령했던 로만의 요새들을 내주는 데 망설임이 없는 이그니트.

북부의 요새 웨일드, 물류의 중심지 발론.

이 2개의 거대한 요새까지 망설임없이 버렸다.

사실 교황을 비롯한 마스터들은 발론에서 싸워 볼 생각도 있었다.

그곳에 설치된 수많은 무기들을 통해 마왕의 발이라도 묶어 볼 생각이었다.

하지만 로칸 바르사유는 단호하게 그들의 청을 거절했다.

"곧 '마왕'이 거인의 요새에 당도합니다."

부하의 보고에 작게 고개를 끄덕인 로칸이 한숨을 쉬었다.

마왕에 대적하지 말라고 명령하긴 했지만 마왕이 남하하는 시간을 최대한 늦춰야 하기도 했다.

그래서 선택한 것이 바로 공중에서의 폭격이었다.

웨일드 내부로 진입한 마왕을 향해 대규모 폭격을 하며 시간을 끌었다.

하지만 성공한 건 처음 한 번뿐이었다.

그것도 흥미로움에 잠시 놀아 준 것일 뿐, 두 번째 폭격 때는 가차 없이 폭격에 사용된 모든 비공선들이 떨어졌다.

발론 역시 마찬가지다.

공중폭격 대신 요새 전체를 무너뜨리는 폭약을 사용하고 대규모 마법까지 사용했음에도 마왕은 그을림 하나 없이 걸어 나왔다.

실로 괴물 같은 신위.

"옵니다!"

장교들의 외침에 상념에서 깨어난 로칸이 모든 지휘관들에게 명령을 내렸다.

"지금부터 마왕 저지 작전을 실행한다."

로칸의 명령에 모든 병력들이 일제히 움직였다. 요새에 있는 거대한 마도포들이 마왕을 조준하고, 엄청난 숫자의 비공선들이 일제히 날아올랐다.

비공선에서 나온 소형기들 역시 마법사를 태워 언제라도 공격할 수 있도록 했다.

그것을 보면서 심드렁한 표정으로 걸어오던 마왕이 그제야 빙그레 미소를 지었다.

-호…… 이번엔 좀 다른가?

지나온 요새들처럼 단순한 함정이나 폭격이 아닌 제대로

된 전투를 해 보려는 듯 싶었다.

그것을 증명하듯, 이전까지와는 차원이 다른 수준의 마도포 빛줄기들이 마왕에게 직격했다. 그리고 그것을 시작으로 공중에서 수없이 낙하하는 폭탄들.

동시에 하늘을 나는 수천의 소형기에서 떨어지는 마법 폭탄과 마법이 오직 마왕 하나만을 노리고 날아들었다.

콰과과과광!

엄청난 폭발! 하지만 그 속에서 터져 나오는 광소에 혹시나 하고 희망을 품었던 병사들의 표정에 절망감이 깃들었다.

바로 그때, 하늘에서 거대한 빛의 창이 떨어졌다.

-크하하하하! 바로 이것이다!

교황의 마법이 작렬했음에도 불구하고 웃으면서 거대한 창을 통째로 깨트리는 마왕.

그런 그를 향해 마스터들이 본격적으로 달려들었다.

가장 먼저 달려든 것은 태양검이었다. 그의 빛의 검이 묵직하게 날아들었고, 그 뒤를 피레스 공작과 클레타 공작의 검이 날아들었다.

-그래! 바로 이것이다! 이걸 원했다!

그렇게 말한 마왕이 네 명의 마스터들과 어울리면서 막강한 힘을 내뿜었다.

하지만 힘의 차이가 너무 극명했다.

무려 네 명의 마스터가 마왕 하나만을 상대하기 위해 달려

들었음에도 불구하고 상대가 되지 못했다.

"쿨럭!"

"고작 이것이냐?"

마왕의 팔에 가슴이 뚫린 클레타 공작이 피를 내뿜으면서 그대로 고개를 떨구었다.

그러자 피레스 공작이 분노하면서 달려들었으나, 이제까지는 같이 놀아 주기 위한 여흥에 지나지 않았다는 듯, 곧바로 피레스 공작을 날려 버렸다.

"으아아아!"

반쯤 곤죽이 된 피레스 공작을 보면서 태양검이 전력을 다해 성력을 불어 넣었다.

마치 천벌을 내리듯 거대한 새하얀 성검이 마왕을 향해 날아들었으나, 그를 베지 못했다.

쿠우웅!

-흥이 식었다. 더 없느냐?

그렇게 말한 마왕이 주변을 둘러보았다.

-그놈은 어딨느냐.

자신에게 엄청난 피해를 주었던 천재.

그가 생각난 마왕이 기감을 펼쳤다.

-거기구나!

그렇게 말한 마왕이 거대한 요새 너머를 바라보았다.

거인의 협곡 너머, 철벽의 요새에까지 닿은 마왕이 태양검을 죽이고 곧바로 움직이려 할 때였다.

교황이 펼칠 수 있는 최대 마법인 하얀 뇌전이 떨어지며 마왕의 발을 묶었고, 그사이 태양검을 뒤로 날려 버렸다.

그 순간, 반쯤 뭉개졌던 피레스 공작이 마지막 힘을 다해 마왕을 향해 검을 찔러 넣었다.

—꺼져라!

자신을 방해한 교황과 피레스 공작이 귀찮다는 듯, 처음으로 전력으로 힘을 개방했다.

그러자 강력한 투기가 사방에 비산하면서 달려들던 피레스 공작을 살점 덩어리로 만들고 노쇠한 교황의 목을 붙잡았다.

"끄으으으……."

"성하!"

멀리서 자신을 부르는 태양검의 목소리에 교황이 빙그레 웃으며 눈으로 교구을 잘 부탁한다고 말했다.

바로 그 순간, 그의 목이 뚝 끊기더니 그대로 시체처럼 변해 버렸다.

—신들이 오기 전까지 그놈과 놀아야겠다!

그렇게 말한 마왕이 더는 요새에 관심이 없다는 듯, 전력으로 거인의 요새를 날려 버리려 했다.

바로 그 순간, 마도사의 폭풍이 날아들면서 마왕의 발을 또다시 묶었다.

그러자 기다렸다는 듯 치고 나가는 태양검.

"진정하십쇼."

쿠웅!

귀찮다는 듯 단번에 날려 버리려던 마왕의 공격을 흘려 낸 여인이 태양검을 진정시켰다.

철벽을 지켜야 했던 샤르도나가 태양검을 지켜 내자 상공으로 날아오른 월크셔 공작의 마법들이 마왕을 향해 쏟아져 내렸다.

"버티시오."

"의미가 있소?"

샤르도나의 물음에 태양검이 희망이 없다는 말했다.

"그가 깨어났소."

그녀의 말에 눈을 동그랗게 뜬 태양검.

바로 그때, 분노한 마왕이 다시금 힘을 개방하며 도발했다. 그럼에도 불구하고 이번에는 태양검이 흥분하지 않았다.

그저 철저하게 시간을 끌겠다는 뜻, 요새의 다른 병력과 함께 마왕의 발을 묶는 데 주력했다.

그러자 놀아 주는 것도 귀찮았는지 마왕이 전력으로 힘을 개방했다.

-그냥 다 같이 사라지거라.

일전에 북부에서 보여 주었던 거대한 검은 구체.

그것이 거인의 요새로 날아드는 순간, 공간이 일렁이면서 마왕의 검은 구체를 두 갈래로 갈라 버렸다.

쿠구구궁!

─너는!

자신의 힘을 가른 남자의 정체를 본 마왕이 눈을 동그랗게 뜨며 광소를 흘렸다.

─그래! 그래야지. 벽을 넘었구나!

광소를 터뜨린 마왕이 즐겁다는 듯 더욱더 큰 웃음을 터뜨리면서 힘을 개방했다.

인간 중에 자신과 맞설 자가 있다는 생각에 흥분한 마왕.

하지만 결코 자신을 이길 수 있다고는 생각지 않았다.

벽을 넘었다고는 하지만 아직 모든 게 미숙한 이에게 당하기엔 마왕이 살아온 세월이 너무 치열했다.

그러나 세상에는 천재를 넘어선 괴물이 존재하는 법.

서걱!

─……희귀한 능력이군.

처음 봤을 때도 느꼈지만 글렌의 능력은 희귀했다.

마스터급에서도 공간이 일렁일 정도의 힘을 갖고 있던 검격인데 벽을 넘고 나서는 아예 공간 자체를 갈라 버리고 있었다.

─적어도 힘의 집중만큼은 나 이상인가?

마왕이 표정을 찡그리면서 글렌과 자신과의 차이를 인정했다.

힘의 절반도 못 쓰는 것도, 쓸데없이 힘을 많이 소모한 것도 핑계가 되진 않았다.

－제법이다만…… 아직은 내가 우세하군.

힘의 절반도 못 쓰는 현시점에도 마왕이 글렌보다 훨씬 우세했다.

그것을 증명하는 것이 공간마저 가를 참격을 보고 난 후, 마왕이 공격하는 방식을 바꿨기 때문이다.

모든 부분에서 압도적인 마왕이지만, 오직 한 점에 극한까지 힘을 압축한 글렌의 검격은 마왕의 힘을 전부 갈라냈다.

그렇다면 한 점에 힘을 압축하지 않고 셀 수 없을 정도로 많은 공격을 하면 되었다.

－아직 그 공간을 가르는 참격에 힘을 배분하기 쉽진 않아 보이는데…… 어찌 막을 생각이냐?

마왕의 물음에 글렌은 대답 대신 뒤를 바라보았다.

그러자 글렌의 곁에 선 마스터들.

"혼자 싸울 생각 없다."

글렌은 애초부터 혼자서 마왕을 상대할 생각이 없었다.

카리엘이 당부하길 마왕의 힘은 모든 이들이 상상하는 그 이상이 될 것이라 했다.

그렇기에 설사 글렌이 벽을 넘었더라도 절대 혼자 싸우게 만들지 말라고 했다.

중요한 건 마왕의 발을 묶는 것.

항상 최악의 상황을 가정하는 카리엘이 보기에 마왕이 절반 그 이상의 힘을 갖고 왔을 시에, 이그니트군은 버티기만 해도 성공이었다.

-재미없군.

적극적으로 싸우기보다 방어를 목적으로 하는 자세를 보이는 글렌을 보면서 흥이 식은 마왕.

하지만 이전처럼 싸울 수는 없었다.

조금만 빈틈을 보이는 순간, 글렌의 공간을 가르는 검이 자신의 목을 노릴 것이기 때문이다.

-귀찮게 되었어.

오직 마왕 하나를 막기 위해 뭉친 거인의 요새의 병력.

글렌과 마왕의 차이를 다수의 군인들과 마스터급 전력으로 막으면서 시간을 끈다.

단순히 시간을 끄는 것만이라면 마왕에게 이득이다.

그렇기에 귀찮아도 이그니트의 주력군 다수를 이곳에 묶어 두면서 마계에서 더 많은 마족들이 넘어오기를 기다렸다.

그리고 이러한 자신의 판단이 큰 착오였다는 것을 느낀 것은 보름 뒤였다.

그저 소일거리 삼아서 요새를 툭툭 건드리던 마왕은 상대의 대응이 이전과는 달라졌음을 느꼈다.

콰아아아!

-…….

글렌이 지쳐 휴식을 취하는 사이, 자신을 막기 위해 몰려드는 군대들.

철저히 글렌의 체력을 갉아먹으려던 마왕의 계획은 이그니트의 군대로 인해 무너졌다.

마왕을 중심으로 떨어지는 엄청난 양의 폭탄들부터, 개조된 거대한 마도포가 마왕의 진격을 늦추었다.

그 모든 걸 뚫고 요새를 향해 힘을 발휘하려 하면, 마스터들이 공격을 시작한다.

-성가시군.

귀찮게 하는 인간들.

그렇다고 분노해서 예전처럼 힘을 끌어모아 한 방에 날려버리려 하면, 글렌의 참격이 날아든다.

-전투 중에도 성장하는가? 괴물만이 문제가 아니게 되었어.

인간의 군대가 자신과 싸우면서 성장해 가는 것을 보면서 마왕의 표정이 굳어졌다.

무엇보다 가장 큰 문제는 글렌의 성장이었다.

마왕과 싸울수록 글렌의 검은 더 날카롭게 벼려지고 있었다.

힘의 배분, 그리고 좀 더 적은 힘으로 공간을 갈라낼 수 있게 되면서 마왕과 싸우는 시간이 점점 늘어 가고 있었다.

이렇게 성장했다간 나중에 무서운 존재로 성장할 가능성이 있었다.

그런 와중에 인간의 군대마저 성장해 버리니 이대로 계속 성장하게 둘 수는 없었다.

 ─선택이라…….

분명 벽을 넘은 인간은 이대로 놔두면 훨씬 무서운 존재로 성장할 가능성이 높았다.

그렇다면 지금 제거하는 게 맞았다.

문제는 그러려면 자신 역시 어느 정도 희생을 해야 한다는 것이었다.

 ─차라리 처음부터…….

글렌이 나타나기 전에 거인의 요새부터 지웠어야 했다고 생각했지만 지금 생각해 보면 어쩔 수 없다고 생각했다.

요새에 닿기 전까진 너무나 지루했기에 잠시간의 유희 정도는 필요했기 때문이다.

짧은 후회를 끝으로 상념을 털어 낸 마왕이 거인의 요새를 보면서 생각에 잠겼다.

이젠 정말 선택의 순간이 다가왔기 때문이다.

 1. 이대로 위험을 감수하고 요새와 인간들을 지우는 것.
 2. 이대로 물러나는 것.

분명 글렌의 성장이 너무 가파르다는 건 마왕에게 위기감으로 작용했다.

하지만 그 이상으로 흥분되는 것도 있었다.

'이 인간이 어디까지 성장 가능할까.'라는 기대감이 자꾸만 선택을 방해하고 있었다.

마계에서 오랫동안 절대자로 군림해 왔던 마왕에게 이런 긴장감은 실로 오랜만에 느껴 보는 감정이었다.

너무나도 지루하기에 과거의 존재들까지 부활시키려 하지 않았나?

─……물러나야 하나?

물러나는 것에 마음이 기울은 마왕.

사실 이대로 물러나려는 가장 큰 이유는 완벽한 상태에서 이곳으로 넘어올 과거의 잔재들을 상대하고 싶었기 때문이다.

'신화시대에 신으로 군림하던 이들은 과연 얼마나 강할까.'

'그런 신들과 싸웠던 거인들은 또 얼마나 강할까.'

'어쩌면 자신의 정체된 이 경지를 한층 더 끌어올려 줄 자가 나타나지 않을까?'

이런 생각으로 시작된 게 이번 계획이었다.

분명 이번 계획을 진행하면서 엄청난 희생을 치렀다.

처음엔 마신을 부활시킨다며 마족들을 설득했고, 나중에 이 계획의 진정한 의도를 알았을 때는 수많은 반대파가 생겨났다.

그리고 마왕 혼자서 그 반대파를 전부 죽였다.

오로지 더 강한 상대, 그리고 이 지루한 삶에 한 줄기 긴장감을 가져다줄 존재를 찾기 위해 판을 깔았다.

그런 의미에서 볼 때, 글렌은 충분히 성장시킬 가치가 있는 존재였다.

마왕 입장에서 향후 마계에 위협이 될 존재를 제거하는 게 옳겠지만, 애초에 자신의 흥미만을 위해 살아왔던 삶이다.

그렇기에 이번에도 자신만을 위한 결정을 내렸다.

-다음에 볼 땐 더 맛있는 먹잇감이 되어 있기를 바라지.

싹 다 정리하고 신들과의 전장으로 만들 생각이던 마왕이 마음을 바꿔 먹었다.

글렌이 더 성장하기를 바라며 마왕이 물러나자, 그제야 긴장감을 푼 병사들이 하나둘 그 자리에 주저앉았다.

언제 마왕에게 몰살당할지 모른다는 긴장감에 휩싸인 채로 버텨 왔던 나날들.

그건 병사들뿐만이 아니라 요새의 모든 이들이 마찬가지였다.

기사나 마법사들뿐만 아니라 마스터들 역시도 마왕과 싸우는 건 긴장감의 연속이었다.

"어떻게 막긴 막았군."

월크셔 공작의 말에 태양검과 샤르도나가 작게 고개를 끄덕였다.

나타나자마자 3명의 마스터들을 죽일 정도로 압도적인 무력을 보인 마왕과의 전투는 마스터들에게 극한의 긴장감을 가져다주었다.

"다음에 올 때는 정말 목숨을 잃을 각오를 해야겠어."

월크셔 공작의 말에 샤르도나가 뒤를 바라보았다.

"그때는 저분도 더 성장해 있겠죠."

"……마왕을 막을 정도로 성장하길 바라야겠군."

그렇게 중얼거린 월크셔 공작이 한숨을 쉬었다.

마도사에 올랐을 때만 하더라도 세상을 다 가진 기분이었다. 그러나 하늘 위에 또 다른 하늘이 있다고, 마왕과 그랜드 마스터에 오른 글렌을 보자마자 자괴감이 들었다.

자신이 흔하디흔한 마법사가 된 듯한 착각이 들 정도였다.

"후…… 그나저나 폐하의 선견지명은 놀랍군."

카리엘이 명한 것은 절대 마왕과 처음부터 싸우지 말라는 것이었다.

최대한 글렌이 벽을 넘길 기다리는 것.

분명 큰 희생이 있었지만 이 작전은 성공했다. 이제 남은 것은 벽을 넘은 글렌이 더 성장하기만을 기다릴 뿐.

거인의 요새가 마왕을 무사히 막아 낸 것처럼 북부 역시 마왕군을 무사히 막아 내며 거인의 산맥을 성벽으로 삼아 마왕군의 접근을 차단했다.

"지금부터 이그니트는 옥쇄에 들어간다. 마왕군이 절대 서대륙을 넘볼 수 없도록 두 곳에 모든 전력을 집중하도록."

"예!"

세리엘의 명령에 서대륙의 병력 대부분이 혹한의 협곡과 거인의 요새에 집중되기 시작했다. 동시에 시카리오 후작이 폐관 수련에 들어갔다.

마왕의 힘이 예상보다 훨씬 강했고, 더 강해질 것이라 추정되는 이상 이대로는 안 되었기 때문이다.

마스터 중에 유일하게 벽을 넘을 가능성이 있는 시카리오 후작이 폐관 수련에 들어가면서 상황이 더욱 긴박하게 돌아갔다.

＊

그렇게 이그니트군이 옥쇄 전략으로 가는 동안 마왕군은 옛 로만의 영토를 집어삼키면서 남부를 압박할 것이라는 예상과 달리 북쪽만을 점령하면서 마계 게이트를 새로이 여는데 집중했다.

대체 무얼 노리는 걸까?

모두가 궁금하다는 표정으로 다소 이상한 마왕군의 행보를 주시했다.

─마침내 시작되는가?

마왕이 그렇게 중얼거리면서 빙그레 웃었다.

그토록 기다리던 과거의 잔재들.

그들이 지옥에서 다시 대륙으로 기어 나오기 시작한 것이다.

산 자였던 마왕이 지옥에서 추방된 것처럼, 과거의 잔재들이 힘을 회복하며 살아 있는 것처럼 강대한 생명력을 품게 되니, 하나둘 대륙으로 추방되기 시작한 것이다.

ㅡ신이란 놈들은 얼마나 강할지 궁금하군.

분명 신화시대처럼 강력한 무위를 볼 수는 없을 것이다. 하지만 그들의 편린 정도는 볼 수 있을 것이라는 기대감은 있었다.

그 정도면 앞이 막혀 깜깜한 지금 상태에 다음 경지로 향하는 빛 정도는 볼 수 있으리라.

그런 기대감에 어서 빨리 과거의 잔재들이 완전히 대륙으로 나오기를 희망했다.

그런 마왕의 희망처럼 지옥에서 추방된 과거의 잔재들이 대륙 곳곳에 나타나기 시작했다.

"거, 거인이다!"

갑자기 산 하나를 뚫고 나타난 거인부터, 폭풍과 함께 나타나는 요정, 해일을 일으키는 괴물까지 신화시대에 기록되었을 법한 괴물들이 대륙 곳곳에 나타나기 시작한 것이다.

그리고 그와 동시에 사막의 동쪽 끝에서 회색의 빛기둥이 나타나면서 거대한 지옥문이 열려 버렸다.

이것을 막기 위해 연합군이 공격을 시도해 보았지만, 오히려 거대한 지옥문에서 빠져나오는 지옥의 군대에게 밀려 패퇴하는 수모를 겪었다.

"인류는 멸망할 수밖에 없는 것인가?"

기사왕이라 불리는 브라이튼이 붕괴되어 가는 연합군을 보면서 탄식했다.

대륙 곳곳에 나타난 신화신대의 괴물들과 완벽하게 열려 버린 지옥문은 인류로 하여금 절망할 수밖에 없게 만들었다.

그렇게 모두가 절망할 때, 사막의 한쪽 지역에서 회오리가 일어나면서 그쪽 지역까지 퍼져 나가던 지옥의 군대를 완전히 소멸시켰다.

"후…… 오랜만이네."

실로 오랜만에 지하에서 나온 한 남자가 푸른 하늘을 바라보면서 미소를 지었다.

－지옥에 좀 더 있었어도 좋았을 텐데.

"개소리 마."

작은 불덩이의 투덜거림에 곧바로 욕부터 박은 남자가 자신의 등장에 놀란 표정으로 다가오는 그림자들을 바라보았다.

"폐하!"

"오랜만이야. 그나저나 타리온, 네가 여기 있다는 것은……."

"로만의의 대군이 대기 중입니다. 속히 대피하시는 것이……."

타리온이 그렇게 말한 순간, 일렁이는 아지랑이 속에서 엄청난 숫자의 지옥의 대군이 포위망을 형성하고 있는 것이 보였다.

"연합군은?"

"……연이은 패전으로 후퇴 중입니다."

타리온의 보고에 카리엘이 가만히 적들을 바라보았다.

그나마 다행인 점은 산드리아 쪽 군대는 연합군을 상대하느라 빠진 상황.

자신들은 로만의 군대와 지옥의 군대만 상대하면 된다는 점이었다.

"돌아오자마자 전투인가?"

─잔재들을 없애기 전에 몸 풀기라고 생각하자고.

여유로운 어투로 말하는 수르트를 보면서 빙그레 미소를 지은 카리엘이 타리온을 향해 명령을 내렸다.

"모두 전투준비 하라고 해."

"폐하!"

놀란 표정을 지으며 말하는 타리온에게 빙그레 웃은 카리엘이 말없이 적들을 향해 걸음을 내디뎠다.

그 모습을 보면서 뒤늦게 달려온 아켈리오가 놀란 표정을 지었다.

"폐하!"

황급히 만류하려는 아켈리오를 보며 타리온이 고개를 저었다.

항상 최악의 사정을 가정하는 게 카리엘이었다. 그런 그가 이런 자신감을 보인다?

"아무래도 저 밑에서 얻은 것이 큰가 봅니다."

"하지만……."

아켈리오를 보며 고개를 저은 타리온이 붉은 유령과 그림자들에게 명령을 내렸다.

그러자 아켈리오도 한숨을 쉬면서 황궁 기사들에게 명을 내렸다.

폐하의 뒤를 따르자고.

설령 이곳에서 죽는 한이 있더라도 폐하의 뒤를 따르자며 비장하게 돌격 명령을 내리는 순간, 하늘에서 거대한 불덩이들이 비처럼 떨어지기 시작했다.

황제님 돌아오셨다!

  가름의 시련을 받기 전에도 지옥의 군대를 상대로는 강력한 모습을 보였던 카리엘.

  시련을 받고 나왔으니 분명 그때보다 강력해졌을 것이라 생각하긴 했다.

  그럼에도 불구하고 걱정했던 것은, 카리엘이 있었던 때와는 비교도 되지 않는 숫자가 몰려들었기 때문이다.

  ─아직도 걱정되나 본데?

  수르트가 뒤에서 안절부절못하는 타리온을 바라보았다.

  하늘에서 불의 비를 만들어 현세의 불지옥을 재현한 카리엘이건만 타리온은 여전히 걱정스러웠다.

  그도 그럴 것이 마스터급이라면 언제든 저 불길을 뚫고 나와서 카리엘의 목을 노릴 수 있었기 때문이다.

무엇보다 카리엘이 만든 불이 완벽하게 지옥의 군대를 소멸시키진 않는다는 점이다.

지금도 거대한 지옥의 괴물들은 불길을 넘어 카리엘을 향해 달려오고 있었기 때문이다.

"많긴 하네."

─그러게.

불의 비가 쏟아져 만들어진 불지옥 속에서도 살아남아 달려오는 지옥의 군대는 개미처럼 많아 보였다.

아무리 이그니트의 군대가 엘리트라 한들 저들이 당도한다면 물량에 그대로 밀려 버릴 만큼 엄청난 숫자였다.

그럼에도 불구하고 여유로운 표정을 짓는 카리엘.

"여기서라면 가능하겠네."

사방에 지옥의 힘이 가득한 지금 이 순간만이라면 어떠한 '대가'도 지불하지 않고 가름의 능력을 빌려 쓸 수 있었다.

그렇다는 건 지금 몰려오는 지옥의 군대 따위는 전혀 무서워할 필요가 없게 된다는 뜻이었다.

"가름, 열어 줘."

카리엘의 말이 끝나는 순간, 상공에 거대한 문이 만들어지기 시작했다.

그것을 본 순간, 타리온이 당황하면서 황급히 카리엘의 옆에 섰다.

어느새 달려온 아퀼리오 역시 반대편에 자리하면서 죽음을 각오했다.

그런 그들의 어깨를 두드려 준 카리엘이 웃으며 말했다.

"지옥문은 저들만 만들 수 있는 게 아니지."

그렇게 말한 카리엘이 팔을 활짝 펼치는 순간, 상공에 만들어진 지옥문이 활짝 펴지면서 망령들이 쏟아져 나오기 시작했다.

무기를 든 무인부터 갈퀴를 든 농부부터 재각기 다른 무기를 든 망령들.

하지만 그들이 보이는 힘은 지옥의 군대를 압도했다. 지옥을 떠돌아다니는 망자들인 만큼 일반적인 아귀 이상으로 강력한 영혼들.

게다가 카리엘의 지옥문을 통과한 망자들은 지옥과 '똑같은' 힘을 사용할 수 있었다.

오직 카리엘과 지옥에서 '계약'을 한 망자들에 한해서 이곳 세상에 넘어올 수 있는 망자들은 그 대가를 지옥의 존재들을 다시 본래 있던 곳으로 돌려보내는 것으로 지불할 수 있었다.

－그리고 보면 너도 참 대단하네.

옆에 있던 수르트가 지옥에서 있었던 일을 떠올리며 혀를 찼다.

카리엘이 지옥에서 했던 일은 간단했다.

망자들의 외침을 무시하고 지옥의 변질된 곳을 정화시키는 것.

하지만 그것도 한계에 부딪쳤다. 카리엘의 힘으로 감당할 수 없는 적들이 있었기 때문이다.

그런데 그들이 갑자기 지옥에서 하나둘 사라지기 시작했다.

막대한 힘을 모아 다시 되살아난 과거의 잔재들이 지옥에서 추방당했기 때문.

그 시점에서 가름의 시련이 갱신되었다.

지옥을 정화하세요!

과거의 잔재들로 오염된 지옥을 정화해 달라는 것.

하루라도 빨리 돌아가려는 카리엘이 그것을 거절하려 하자 지옥과 현실의 시간의 흐름마저 조정해 주면서 거절할 수 없는 대가를 내밀었다.

보상 : 가름의 능력 일부 사용 가능(지옥문 소환)

이것을 본 순간 눈이 돌아간 카리엘이 빈집털이 하듯 중요 지역을 정화하고, 지옥의 관리자가 지옥을 본래대로 되돌릴 수 있는 환경을 조성했다.

하지만 모든 것을 마무리하고 떠나려는 그를 붙잡은 이들이 있었으니, 바로 망자들이었다.

안식을 되찾아 준 카리엘에게 보답하고자 했다.

그렇기에 자신에게 보답을 하려는 망자들과 '계약'을 했다.

망자의 계약.

1. 지옥문을 넘어 현실로 돌아갈 시 대가를 지불한다.

2. 타락한 지옥의 존재나, 과거의 잔재를 돌려보낼 시 대가가 지불된다.

3. 대가를 초과 지불시 일정 시간 세상에 머물 수 있다. 또한 예외적으로 죽기 전에 빈 소원 일부를 이뤄 줌.

가름과 지옥의 관리자를 통해 정식으로 작성된 이 계약은 아직까지 정체를 알 수 없는 신 역시 인정하면서 두 세상에 완벽한 효력을 발휘했다.

그렇기에 카리엘이 만든 지옥문을 통과한 망자들은 강했다.

"적법한 절차에 따라 나온 망자들이 불법체류자들한테 질수는 없지."

그렇게 말한 카리엘이 빙그레 웃었다.

지옥문의 수문장인 가름의 힘을 빌려 만든 지옥문은 이곳과 지옥을 연결하는 가장 안정적인 통로였다.

국가로 따지자면 망령들은 정상적인 경로로, 지옥의 군대는 불법으로 들어온 이민자들이었다.

그리고 이 세계는 국가보다 더 잔혹하게 대가를 치르게 만든다.

불법으로 들어왔으니 그들이 가진 것을 더 많이 내놓고 이곳으로 넘어와야 한다는 뜻이었다.

망자들이나 아귀들이 가진 힘, 영혼의 일부 등이 넘어오는 과정에서 소실되어 약해졌기에 가름의 지옥문을 통과한 망자들에게 압도되는 것이다.

"어쩌면 인간들보다 더 잔혹할지도."

조금의 사정도 봐주지 않는 '신'을 보면서 그렇게 중얼거린 카리엘이 조용히 위를 올려다보았다.

웬만한 언덕보다도 큰 거대한 뼈다귀들.

옛 서리 거인의 뼈다귀들이 불길을 뚫고 천천히 걸어 나왔다.

과거의 잔재급은 아니지만, 신화시대를 풍미했던 거인들의 뼈들답게 강력한 힘을 발휘했다.

하지만 이들조차 이제는 위협이 되지를 못했다.

"아그니, 막아 줘."

그렇게 말한 카리엘이 조용히 사막을 걸었다.

그러자 그를 중심으로 양쪽으로 불의 장막이 만들어졌다.

실로 압도적인 위용을 뽐내면서 뒤를 돌아본 카리엘이 타리온을 향해 물었다.

"지옥의 궁전은?"

"……완성 단계로 추정됩니다."

타리온의 보고에 카리엘이 입을 다물고는 하늘을 바라보았다.

다른 이들에게는 보이지 않지만, 거대한 지옥문 앞에는 서리 거인들의 뼈보다도 훨씬 개 한 마리가 허공에 떠 있었다.

한때 그의 주인이었던 여신의 부활.

하지만 부활하는 그녀는 신화시대의 그녀가 아닐 확률이 컸다.

그렇기에 가름은 카리엘에게 힘을 빌려주는 것일 터.

가름의 복잡한 마음이 카리엘에게 흘러들어 오는 것이 느껴지자 미간을 찌푸린 카리엘이 명령을 내렸다.

"지금부터 저곳을 뚫고 지옥의 궁전으로 향한다."

"예!"

카리엘의 명령에 뒤따르던 이그니트의 군대 전원이 고개를 숙이며 답했다.

비록 지옥의 군대 한정이라 하더라도 이 정도로 압도적인 힘을 발휘하는 카리엘의 모습은 어떤 이들이라도 절로 존경심이 들게 할 만큼 위대해 보였다.

지옥의 정화자를 넘어 지옥의 구원자라 불리는 카리엘이 이번엔 대륙을 구원하기 위해 로만의 황제가 있을 지옥의 궁전으로 향했다.

"스콜, 뚫어."

그렇게 명령을 내린 순간, 푸른 빛이 폭사하면서 앞을 가로막은 지옥의 군대를 뻥 뚫어 버렸다.

"허……."

"……."

마스터에 이른 타리온과 아켈리오조차 놀랄 정도로 압도적인 힘으로 정면을 뚫은 거대한 늑대.

놀란 그들에게 카리엘이 피식 웃으면서 말했다.

"지옥에서 강해진 건 나뿐만이 아니거든."

"그럼 수르트도……."

타리온의 물음에 미소를 짓는 것으로 답을 대신한 카리엘은 그림자들이 가져온 마동차에 올라타 불의 길을 따라 지옥의 궁전으로 향했다.

　　　　　　　　　　※

그렇게 화려하게 복귀식을 치른 카리엘이 지옥의 궁전을 저지하기 위해 움직이자 그런 그를 막기 위해 산드리아 군대가 후퇴하면서 카리엘이 돌아왔음이 연합군에도 알려졌다.

"사…… 산드리아군이 후퇴합니다!"

"뭐? 갑자기?"

한쪽 팔로 검을 휘두르던 바투가 부하의 보고에 정면을 바라보았다.

뒤로 물러난 사막의 황금매가 산드리아의 군대를 후퇴시키고 있는 것이 보였다.

"대체…… 왜……."

바투가 갑작스러운 산드리아의 후퇴로 당혹스러워할 때 저 멀리서 누군가가 외쳤다.

"이그니트의 황제가 돌아왔다!"

"현재 이그니트 황제가 이끄는 정예군이 로만의 군대를 대파하며 지옥의 궁전으로 향하는 중!"

고래고래 소리치면서 카리엘의 복귀를 알리는 장교들로 인해 상황이 어떻게 돌아가는지 파악한 바투가 쓴웃음을 지었다.

"……덕분에 간신히 전멸은 면했군."

그렇게 중얼거린 골란의 왕 바투가 하늘을 바라보았다.

연합군의 주축인 마도사 아르칸은 죽었고, 기사왕 브라이튼은 중퇴에 빠져 생사를 넘나들고 있었다.

간신히 살아남은 자신마저 한쪽 팔이 잘려 나간 채 간신히 버티던 상황.

물론 이들이 마냥 당하기만 한 것은 아니었다.

아르칸이 자폭하며 대지의 마도사를 지옥으로 끌고 갔고, 기사왕 역시 본인을 미끼로 기사단을 동원해 지옥의 주술사에게 치명상을 입혔다.

　하지만 이들의 희생에도 불구하고 병력의 차이가 여실했기에 연합군이 전멸할 위기에 처한 것이다.

　그런 상황에서 이그니트의 황제가 돌아온 것이다.

　"천운인가?"

　그렇게 중얼거린 바투가 수많은 사람이 피를 흘리며 누워 있는 전쟁터를 바라보았다.

　이번 전투로 연합군은 이전처럼 대군을 모을 여력을 잃어버렸다.

　이제 남은 것은 오로지 이그니트의 역량에 달린 것이다.

　"그래도 도움은 주어야겠지."

　작게 중얼거린 바투가 살아남은 이들 중 그나마 멀쩡한 이들로 추격대를 꾸렸다.

　비록 전쟁에서는 대패했지만, 조금이라도 '영웅'에게 도움이 되기 위해 아픈 몸을 이끌고 산드리아를 견제하기 위해 움직였다.

＊＊＊

　바투의 결정으로 연합군 중 일부가 지옥의 궁전으로 향할 무렵, 이 소식이 이그니트에도 빠르게 당도했다.

-폐하께서 돌아오심.

짧은 문장이었지만, 카리엘이 복귀했다는 소식은 가라앉은 이그니트의 사기를 끌어올릴 중요한 수단이었다.

"지금 즉시 이 소식을 전역에 알리게."

"예! 전하."

루피엘의 명령에 황급히 밖으로 나간 내관을 보면서 작게 중얼거렸다.

"후…… 조금만 더 버티면…….."

하루하루가 피가 말리는 기분이었건만, 그런 그에게 희망의 빛이 찾아왔다.

카리엘이 돌아왔으니 이 지긋지긋한 자리에서 물러날 날이 얼마 남지 않은 것이다.

당연히 이 소식은 군부에도 들어갔고, 바닥까지 내려앉던 이그니트군의 사기는 하늘 끝가지 치솟기 시작했다.

단순히 돌아온 것이 아니라 복귀하자마자 지옥의 군대를 대파할 정도로 압도적인 위용을 보여 주었기 때문이다.

"돌아오셨다!"

"오오!"

루피엘과 로칸이 동시에 감동한 표정으로 환호성을 내질렀다.

서로 어떻게든 일을 떠넘기려 했던 두 총사령관이 어깨에 지워진 엄청난 부담감을 내려놓을 생각에 환호한 것이다.

그렇게 어떤 이에게는 부담감을 덜어 낸다는 희망을, 어떤 이에겐 살아남을 수 있다는 희망을 심어 주면서 이그니트 전체에 희망이라는 메시지를 전해 준 카리엘.

하루빨리 복귀하기를 바라는 이들의 소망과는 다르게 카리엘은 지옥의 궁전을 없애는 데 집중했다.

―어째 일부러 느리게 가는 것 같다?

"……그럴 리가."

수르트의 날카로운 질문에 움찔한 카리엘이 저 멀리 보이는 지옥의 궁전을 바라보았다.

"다 왔군."

말을 돌리는 카리엘을 보면서 수르트가 물었다.

―저걸 막으면 곧바로 돌아갈 거냐?

"글쎄…… 과거의 잔재들을 없애는 게 먼저 아닐까?"

카리엘의 말에 수르트가 눈을 게슴츠레 뜨면서 혀를 찼다.

아무래도 카리엘이 이그니트의 황궁으로 돌아가는 건 생각보다 시일이 더 걸릴 것 같은 기분이 들었다.

꽃

압도적인 위용을 보이면서 돌아온 카리엘 덕분일까?

숨을 죽이며 세력을 키우던 마왕군이 마침내 움직이기 시작했다.

그러자 그럴 줄 알았다는 듯 이그니트 역시 모든 전력을 집중했다.

당장이라도 큰 전쟁이 벌어질 것 같았던 것과는 다르게 마왕군은 주요 요새들을 점령한 후, 움직이지 않았다.

마왕군이 진군을 멈추자 모두들 이상하게 생각했다.

"전쟁광들이 멈춰 섰다고?"

"전력도 압도적인데?"

"뭐지? 마왕한테 무슨 일이 생겼나?"

모두가 이상하게 생각하면서 마왕에게 무슨 일이 생겼다고 추측했고, 그 추측은 반은 맞았다.

—이게 전부인가?

마왕이 주먹에 묻은 푸른 피를 털어 내면서 이를 갈았다.

—고작 이 정도인가?

지옥에서 넘어온 과거의 잔재들에 얼마나 큰 기대를 했던 가?

과거의 신위를 회복하리란 기대는 애초부터 없었다.

하지만 위대했던 힘의 편린이라도 보기를 희망했다. 하지만 그 기대는 산산이 부서졌다.

—이들이 정말 신과 대적했던 이들이 맞나?

마왕의 물음에 근방에 있던 마족들이 말없이 고개를 숙였다.

더 강한 이들을 부활시켜, 마족들의 성장의 발판으로 만들려던 위대한 계획이 무너지게 생겼다.

마계의 수많은 이들은 마왕 개인만을 위한 계획이라 생각하지만 달랐다.

마왕이 벽을 넘음으로써 더 이상 마신을 추종하지 말고 스스로 '신'이 될 수 있다는 생각을 가지게끔 하는 것.

설령 마왕 말고 어느 누구도 신의 반열에 들지 못할지라도 먼 훗날 마족 중 누군가가 신의 반열에 오를 수 있다면 그것만으로도 성공한 계획일 것이다.

하지만 현실은 처참했다.

-고작 이런 놈들을 위해 그 고생을 한 것인가?

마왕의 분노 어린 외침에 여우 귀를 가진 마족이 한 발 앞으로 나섰다.

-신은 다를 것입니다.

여우 귀를 가진 마족의 말에 마왕이 싸늘한 표정으로 그녀를 바라보았다.

마왕군의 책사라고 불리는 그녀였지만, 이번만큼은 덜덜 떨 수밖에 없었다. 오로지 이 순간만을 기다리면서 그녀의 실수 대부분을 넘어가 주었던 마왕.

하지만 이번만큼은 달랐다.

강함을 극한까지 추구하는 마왕의 기대감을 박살 낸 과거의 잔재들의 죄는 대계를 만들었던 마족들이 대신 뒤집어쓰게 생겼다.

-아직 많은 이들이 남아 있습니다. 무엇보다 신이라 불렸던 자들은 아직 나타나지도 않았습니다.

-…….

여우 귀를 가진 여인의 말에 마왕이 말없이 그녀를 노려보았다.

강렬한 사기에 두려울 만도 하건만 끝까지 포커페이스를 유지하면서 입을 열었다.

-뭣하면 좀 기다리면 되옵니다.

-과거의 잔재들이 힘을 회복할 때까지 말이냐?

-그렇습니다. 그들이 회복할 수 있는 최대치까지 기다렸다가 싸우셔도 됩니다. 그동안의 지루함은…… 이자들로 푸십시오.

말을 끝낸 여우 여인이 품속에서 두 장의 그림이 그려진 종이를 내밀었다.

하나는 마왕을 막아섰던 주역인 글렌.

다른 하나는 이그니트의 황제인 카리엘이었다.

-이자는…….

-지옥의 존재 한정이라고 하지만 최근 행보를 보면 그것도 아닌 것 같습니다.

여우 여인의 말에 마왕이 잠시 고민하더니 피식 웃었다.

-확실히 소문만 들었을 땐 강해 보이긴 했지.

그렇게 말한 마왕이지만 별 기대는 하지 않았다.

소문이란 으레 과장되기 마련이기 때문이다. 특히 한 국가의 황제라면 더더욱 그러할 터.

직접 무력과 천재성을 확인한 글렌과 아직 소문만 무성한 황제.

그 둘을 만날 생각에 마왕의 입가가 호선을 그렸다.

─그래. 그래도 그 둘은 기대해 봄 직하군.

어느새 화가 풀린 마왕을 보면서 마왕의 측근들이 안도의 한숨을 쉬었다.

오늘도 위기를 넘긴 여우 여인이 측근들에게 명을 내리면서 과거의 잔재들이 있는 곳을 알아 오라 시켰다.

마왕을 만족시킬 과거의 잔재들이 나타나길 간절히 바라며……

하지만 마왕은 이미 과거의 잔재들에 대해선 기대를 버렸다.

오히려 관심이 있는 건 인간 쪽이었다.

마족들이 숭배하는 '마신'을 비롯한 최상위 신들만이 기대감이 남았을 뿐, 나머지 과거의 잔재들에 대해선 관심이 없었다.

─신을 상대하기 전까지 완전히 성장했으면 좋겠군.

글렌과 카리엘의 성장에 대한 기대감에 미소를 지은 마왕이 곰곰히 생각했다.

자신이 기다렸음에도 이 둘의 성장이 예상보다 못할 수도 있었다.

-그때는 직접 가지고 놀면서 성장시켜 봐야겠군.

분명 글렌의 재능은 자신과 비견될 정도였고, 소문대로라면 황제 역시 그러하리라.

하지만 자신의 예상보다 더딘 성장을 할 수도 있었다.

그럴 경우 자신이 직접 데리고 놀면서 성장시킬 생각이었다.

그렇게 자신을 죽일 수 있을 정도로 강해진다면 생사결을 통해 이 한계를 넘어 볼 생각이었다.

만약 자신의 생각대로만 된다면 굳이 과거의 신적 존재들을 찾아 않아도 지긋지긋한 한계를 넘어설 수 있을지도 몰랐다.

-재밌군.

분명 대계는 반쯤 실패한 것이 맞았다.

하지만 자신이 바라던 소망은 아직 끝나지 않았다.

계획에 없었던 일이건만 오히려 자신의 계획에 다가가고 있는 셈이었다.

생각만으로 흥분되는지 마왕은 온몸에서 투기가 끓어올랐지만, 애써 참아 내고는 또 다른 과거의 잔재들을 찾기 위해 움직였다.

이 기대감이 지루함으로 변하기 전에 하루라도 빨리 글렌과 카리엘이 성장하기만을 바라며 움직이는 마왕.

　그렇게 마왕의 기대를 한껏 받고 있는 카리엘은 헬의 궁전을 막기 위해 전투에 들어갔다.

　"아직 완성된 건 아니지?"

　카리엘이 하늘을 바라보며 묻자, 초록빛 불덩이가 날아오더니 고개를 끄덕였다.

　헬에 대해 누구보다 잘 알고 있는 가름의 확신에 카리엘이 한숨을 쉬더니 하늘 높이 솟아 있는 탑을 바라보았다.

　한눈에 보기에도 거대한 탑은 대부분 회색빛 힘으로 물들어져 있었지만 맨 꼭대기만큼은 여전히 검은색을 띠고 있었다.

　"그래도 완성 단계에 이른 건 정말인 것 같네."

　그렇게 말한 카리엘은 가름을 돌아보았다.

　"시간 끌 거 없이 바로 끝내자."

　그 말이 끝나는 순간, 하늘에서 초록빛 불길이 만들어지기 시작했다.

　그것을 막기 위해 로만에서 지옥의 군대를 소환해 보았지만 소용이 없었다.

　지옥의 존재들에게 압도적인 힘을 가진 가름의 권능에 제대로 된 대응도 하지 못하고 지옥으로 되돌아가는 것이다.

이대로 지옥의 군대를 박살 내면서 탑을 부술 생각을 하던 카리엘.

바로 그때, 주변 지축이 흔들리면서 지옥의 망령들이 튀어 나오기 시작했다.

동시에 아직 남아 있던 검은색 부분들이 빠르게 채워지기 시작했다.

"갑자기 왜……."

－희생인가?

이유를 알 수 없어 당황하는 카리엘에게 답해 주는 가름.

－지옥의 주술사들이 스스로를 희생해서 탑을 완성하는 것이다. 하지만 저것만으로 부족할 텐데?

가름이 의아하다는 말투로 말했다.

탑이 완성된다 한들 여신이 바로 깨어나는 것은 아니었다.

시간이 필요했고, 그렇다면 지금 로만은 이그니트를 막을 전력만 까먹는 멍청한 행동만 하는 것이었다.

하지만 그에 대한 답은 바로 나왔다.

탑 근방의 재단에 서 있던 주술사 다수가 쓰러지면서 회색 빛 기운이 더 솟아올랐다. 동시에 궁전에 있던 망령들 역시 탑으로 몰려들면서 탑 주위로 엄청난 형상을 만들어 냈다.

－이것이었나?

가름은 저들이 무슨 짓을 하는지 알 수 있었다.

동대륙 영혼들에 대한 '안식'은 산 자들만의 염원이 아니었다.

오히려 망령들은 더 간절하게 그것을 원하고 있었다.

그렇기에 설사 자신이 이번 일을 계기로 영원히 고통을 받을지라도, 갈기갈기 찢기는 고통 속에서 소멸되더라도 후손의 안식을 위해 스스로를 희생한 것이다.

–……헬.

망령들을 통해 실체화하고 있는 거대한 존재를 보며 과거 자신의 주인이었던 여인의 이름을 부른 가름.

정말로 저상의 여왕인 것일까?

여인의 모습을 한 거인이 실체화할수록 가름의 권능에 사라져 가는 지옥의 군대는 점차 줄어들어 갔다.

그리고 이내, 가름이 돌려보냈던 지옥의 군대까지 다시 불러내기 시작했다.

"가름이……."

믿었던 가름을 뛰어넘는 지옥의 힘.

이것만 보아도 지옥의 절대적인 군주였던 헬이 깨어난 것임을 확신할 수 있었다.

"……결국 헬이 부활한 건가?"

카리엘의 말에 이그니트 측 인간들의 표정이 굳어졌다.

반면에 로만 측은 환호했다.

그토록 바라던 지옥의 여신이 실체화를 했기 때문이다.

결국 막지 못한 헬의 부활에 카리엘의 표정이 굳어졌을 때, 가름이 입을 열었다.

-뭔가 이상하군.

그렇게 말한 가름이 힘을 전력으로 개방했다.

"갑자기 이게 무슨……."

-직접 확인해 봐야겠어.

그렇게 말한 가름이 온 힘을 다해 탑을 향해 뛰어올랐다.

바로 그 순간, 여인의 형체가 완성되면서 거대한 개를 두 팔로 막아 냈다.

두 존재의 충돌.

하지만 더 놀라운 것은 그다음이었다.

쿠웅!

-크르르르…….

누가 봐도 더 압도적인 힘을 가진 가름이었건만, 거대한 형체를 이룬 헬에게 대항하지 못하고 계속해서 얻어터지기만 했다.

그 모습을 보던 로만의 황제가 마지막까지 긴장하던 것을 멈추고 비로소 광소를 터뜨렸다.

"드디어…… 드디어! 오랜 염원이 이루어졌다!"

로만의 황제가 자신의 백성들과 군인들에게 대계가 이루어졌음을 선포하는 순간, 로만 진영의 모든 이들이 함성을 내질렀다.

드디어 동대륙의 영혼들 역시 안식에 잠길 수 있겠다는 생각 때문이었다.

반면에 카리엘의 표정은 썩어 들었다.

최악의 경우엔 가름까지 적으로 돌변할 수 있었기 때문이다.

"최악의 상황으로 가는 건가?"

ㅡ그건 아닌 것 같다.

카리엘의 말에 어느새 나타난 수르트가 말했다.

ㅡ잘 봐.

수르트가 가름을 손가락을 가리키면서 말하자 카리엘이 고개를 갸웃거렸다.

여전히 크게 저항도 하지 못하고 얻어터지고만 있는 가름.

ㅡ가름이 저항하고 있잖아.

"뭐? 저게?"

ㅡ그래. 이를 드러내고 달려들고는 있지. 비록 그의 힘 대부분이 방어에만 집중되어 물리력 행사가 전부지만 가름은 무려 헬을 상대로 싸우고 있는 거다.

수르트의 말에 카리엘이 미간을 찌푸렸다.

"그게 무슨 의미가……."

ㅡ본래라면 가름은 헬에게 절대 대들지 못해. 그의 영혼에 영원이 각인된 충성의 서약이 그녀를 배반하지 못하도록 강제하기 때문이지.

"그렇다는 건……."

─저게 가짜이거나 반쪽짜리 여신이라는 거겠지. 가름도 그걸 아니까 저렇게 싸우는 거다.

수르트의 말에 카리엘이 의문을 품었다.

"그래도 자신의 주군 아닌가? 가름은 왜 저렇게까지……."

─저 모습으로는 지옥을 완전히 장악하지도, 모드구드에게 인정받지도 못할 거다. 그러니 자신의 위대한 주군이 저런 꼴로 부활하게 두느니 차라리 자신의 손으로 영원한 안식을 주려는 것이다. 적어도 자신의 손에 소멸하면 위대한 여신으로 영원히 기억될 테니까.

수르트의 대답에 잠시 제대로 된 저항도 못 하고 맞고만 있는 가름을 보던 카리엘이 결심했다는 듯, 힘을 발현했다.

그러자 거대화한 스콜과 아그니가 탑을 향해 돌진했다.

동시에 그들보다 훨씬 큰 거대한 불의 거인이 카리엘을 손으로 들어 올려 자신의 어깨에 얹었다.

─결판을 보자고. 가름이 몸빵을 해 줄 테니 우리는 신나게 두들기기만 하면 돼.

"그거 좋네."

마침내 모습을 드러낸 수르트의 진실한 힘.

반쯤 부러진 거대한 불의 검과 여기저기 부서진 불의 왕관을 쓴 거대한 거인이 흉포한 울음소리와 함께 탑으로 돌진했다.

퍽! 퍽! 퍽!

-까아아아!

그러자 가름을 한참 두들기던 여신이 위협적으로 다가오는 카리엘의 소환체들의 공격에 비명을 지르면서 힘을 발현했다.

별다른 타격이 없을 거란 그녀의 예상과 달리 카리엘의 소환체들의 힘은 생각보다 강력했다.

그리고 그때부터 카리엘의 고통이 시작되었다.

별다른 저항도 못 하는 가름보다 카리엘에게 힘을 집중하기 시작한 것이다.

불완전해도 신은 신이라는 걸까?

마스터조차 압도할 것 같은 압도적인 힘을 보이는 카리엘과 소환체들이지만, 헬 앞에서는 무력하기만 했다.

바로 그때, 가름의 거대한 아가리가 여신의 다리를 물어뜯으면서 그녀를 무너뜨렸다.

-까아아아아!

-나의 주인을 더럽히지 말거라! 더러운 영혼아!

처음으로 제대로 적중한 가름의 공격.

분명 초록빛 불길이 그를 계속해서 막아 내고 있음에도 불구하고 오직 의지력만으로 그걸 뚫고 그녀에게 상처를 입힌 것이다.

가름이 자신을 물어뜯을 줄은 몰랐는지, 당황하는 여인을 상대로 카리엘과 소환체들의 공격이 시작되었다.

붉은 화염이 사방을 휘감으며 여인의 행동반경을 제한했고, 소환체들이 사정없이 팼다.

가끔가다 카리엘을 공격하려 하면 가름이 물어뜯었다.

가름의 공격은 위대한 경지를 이룩했던 존재치고는 굴욕적일 정도로 단순했지만, 그것만으로도 충분했다.

현재의 헬의 힘으로는 가름에게 치명타를 먹이긴 어려웠기에 계속해서 방해받을 수밖에 없었고, 카리엘의 공격은 미약하게나마 헬에게 타격을 입히고 있었다.

퍽! 퍽!

-꺄아아아!

예로부터 다구리엔 장사 없다고, 큰 타격을 입히지 못하는 공격이라도 정신없이 맞다 보니 어느새 헬의 신체 일부가 무너져 있었다.

지옥의 타락한 대지조차 정화했던 카리엘이었기에, 타락한 기운으로 망령들을 묶어 둔 신체들이 빠르게 붕괴되어 갔다.

-나…… 나의 충신이여…… 어찌하여 나를…….

자신의 한쪽 다리를 물고 놓아주지 않는 가름을 보면서 말하는 헬.

-어째서 저 배신자들을 돕는 것이냐!

그렇게 말한 헬이 신화시대에 있었던 일들을 말하며 분노했다.

억울하게 버림받은 일들부터, 멸망 이후 쓸쓸히 죽어 가던 자신에 대한 안타까움.

그 모든 것들을 피 토하듯 외치면서 가름을 향해 분노를 쏟아 냈다.

그런 그녀를 보면서 수르트가 비웃듯 입꼬리를 올렸다.

─하하하! 이젠 나도 알겠네.

"뭐?"

웃고 있는 수르트를 보면서 카리엘이 고개를 들어 물었다.

그러자 옆에 있던 스콜도 기괴한 미소를 지어 보였다. 지옥에서 과거의 자신의 조각들을 흡수한 스콜 역시 어느 정도 과거의 기억들을 회복하였기에 지금의 헬의 모습이 지옥을 군림하던 여인의 모습과는 다르다는 것을 안 것이다.

─충견이여! 어찌 나를 대적하느냐! 대답하거라!

분노한 표정으로 다그치는 헬.

하지만 그럴수록 가름의 표정은 굳어져만 갔다.

요지부동인 가름의 모습을 보면서 점차 다급해져 가는 헬.

그럴수록 가름은 더 저돌적으로 헬을 공격했다.

점점 힘이 빠져 가는 카리엘 대신 가름이 그 빈자리를 메꿔 주면서 거대했던 헬의 모습은 점점 줄어들어 갔다.

"아……."

점점 줄어들어 가는 헬의 크기를 보며 로만의 황제가 안타까운 신음을 흘렸다.

헬을 돕기 위해 로만의 모든 전력을 집중했건만, 그마저도 이그니트의 정예군에게 가로막혔다.

타리온과 아켈리오를 중심으로 짜인 단단한 방어망도 문제지만, 그들의 핵심 전력인 지옥의 군대가 카리엘의 불길을 뚫지 못하는 것도 컸다.

"이렇게…… 끝인가?"

로만의 황제가 절망 어린 표정으로 무릎을 꿇으면서 허망한 눈길로 하늘을 올려다보았다.

오직 이것 하나만을 바라보고 달려왔던 그다.

믿었던 여신이 무너지고 있는 걸 실시간으로 보면서 그는 절망했다.

결국 거대한 탑이 무너지면서 망령으로 유지되던 육체가 수많은 망령들로 되돌아갔다.

"아……."

뒤늦게 도착한 산드리아의 황금매가 공허한 눈빛으로 무너지는 탑을 바라보았다.

자신들의 유일한 희망이 무너지는 느낌에 이그니트와 싸울 생각조차 들지 않는지 멍하니 서 있기만 했다.

그리고 그건 다른 이들 역시 마찬가지였다.

그토록 바라던 꿈이 무너지는 절망감 속에서 마침내 거대한 육체가 완전히 무너지며 제단에는 작은 여인만이 남았다.

얼굴 절반은 미녀지만, 나머지 절반은 흉측한 얼굴을 가진 가련한 여인.

그녀가 멍한 표정으로 거대한 개를 바라보았다.

─어찌하여…….

어째서 자신을 배신했는지 묻는 헬을 보면서 어느새 작게 변한 수르트가 대신 답했다.

─넌 '헬'이 아니기 때문이다.

─……아니라고?

수르트의 말에 헬이 작은 불덩이에게 시선을 돌렸다.

─그래. 넌 그녀의 '기억'을 가졌을지언정 그녀가 될 순 없다는 것이지.

─……헛소리.

헛소리로 취급하는 그녀를 보면서 수르트가 피식 웃었다.

─바로 그 반응. 네가 진짜 헬이었다면 이렇게 반응하기보다 나와 싸우려 했을 것이다.

그렇게 말하면서 수르트가 과거에 보았던 헬을 기억했다.

─나 역시 영혼이 마모되어 흐릿하게밖에 기억이 남지 않았지만, 선명히 기억하는 건 있다. 그건 바로 누구보다 당당하며 용맹하던 헬의 모습이지.

─…….

─내가 기억하는 그녀의 모습은 너와 같은 연약한 모습이 아니다. 죽음의 땅에 버림받았음에도 홀로 털고 일어나 지옥 속에

서 궁전을 만들 정도로 당당한 전사였다.

수르트의 말에 눈동자가 떨리기 시작하는 여인.

자신을 부정당하다는 모습에 떨리는 눈동자로 가름을 바라보자 어느새 작게 변한 가름이 그녀의 앞에 섰다.

-수르트의 말이 정말인 것이냐?

헬의 물음에 말없이 그녀를 바라보는 가름.

한참을 침묵하던 가름이 조용한 목소리로 답했다.

-……틀렸습니다.

가름의 대답에 떨리던 그녀의 눈동자가 그제야 안정을 되찾았다.

-그래. 난…… 나는 헬이다.

-맞습니다.

그렇게 말한 가름이 과거를 떠올렸다.

매번 당당하고 패하더라도 미래에 복수할 것을 다짐하면서 움직이던 그녀.

자신이 기억하는 헬의 이미지는 그러했었다.

그런 그녀가 유일하게 불안에 떨었던 때가 있었다.

바로 자신이 소멸을 앞두었을 때였다.

자신이 죽은 이후 혼란에 빠질 지옥과 안식 대신 고통에 빠질 영혼들을 생각하며 울던 모습.

현재의 나약한 헬의 모습이 딱 죽음을 앞둔 그녀의 모습과 똑같았다.

-그러니…… 이제 그만 모든 걸 내려놓으십시오.

　-그게 무슨…….

　헬의 눈동자가 당혹감으로 흔들릴 때, 가름의 육체가 다시금 거대해졌다.

　그리고 그 거대한 육체 속에서 마지막까지 품고 있던 작은 보석 하나를 헬에게 건넸다.

　-라그나로크 이후 죽은 저의 육체에 주신 것입니다.

　가름의 말이 끝나자마자 작은 보석이 가루가 되어 헬의 육신에 스며들었다.

　과거 헬이 가졌던 유물들로 이루어진 육체에 가름이 품고 있던 헬의 보석까지 스며들자 그녀의 눈동자가 커지기 시작했다.

　가름이 갖고 있던 헬에 대한 모든 기억들이 그녀에게 스며든 것이다.

　-아…… 아…… 그래.

　모든 기억을 되찾은 헬이 멍하니 가름을 바라보았다.

　-네가…… 나의 마지막 유언을 지켜 주었던 것이구나.

　그렇게 말하면서 눈물을 흘리는 헬.

　그녀가 죽으면서 뱉었던 마지막 유언. 그것을 위해 죽음 이후 혼란에 빠질 지옥을 걱정했던 그녀를 대신해, 가름이 스스로 안식에 들기를 거부하며 지금까지 지옥을 지키고자 했던 것이다.

-나의 충견아. 이제 되었다.

헬의 말에 가름이 작게 고개를 저었다.

지옥은 그 어느 때보다 위험한 상황. 그러니 자신은 안식에 들 수 없었다.

거부하는 가름을 보면서 헬이 미안한 표정을 지었다.

완강한 가름을 보면서 헬이 쓴웃음을 지으면서 말했다.

-먼저 가서 기다리마. 그러니 얼른 마무리하고 오거라.

그렇게 말한 헬이 가름의 머리를 쓰다듬어 준 후, 멀리서 절망에 빠진 로만의 황제를 바라보았다.

오직 안식을 위해서 여기까지 온 불쌍한 황제.

그의 과거를 모두 읽은 헬이 가름을 바라보며 말했다.

-미안하지만 한 가지 부탁을 더 해야 할지도 모르겠구나.

헬의 말에 가름이 고개를 들어 그녀의 눈동자를 바라보았다.

-저들의 죄를 씻어 줄 수 있겠느냐.

안식에 들지 못하고 영원한 형벌을 되풀이하는 이들.

그들의 죄를 씻기 위해선 과거 헬의 권능이 필요했다. 하지만 현재 헬의 권능은 거의 사라진 상황.

그런 상황에서 저들의 죄를 씻을 방법은 한 가지뿐이었다.

헬을 대신해 지옥을 관리하는 모드구드의 허락을 받는 것뿐이었다.

지옥의 절대자였던 헬은 이미 없으니 그녀가 가진 과거

의 잔재들과 현재의 관리자의 인정으로 그것을 대신하는 것이다.

사실 모드구드는 헬이 죄를 사하였다 하는 순간, 동대륙의 망령들을 놓아줄 것이다.

그럼에도 불구하고 헬이 가름에게 부탁하는 것은 저들의 원죄를 완전히 씻어 내기 위해선 많은 힘이 필요하기 때문이다.

헬의 힘을 가장 많이 품고 있는 것은 유물도, 모드구드도 아닌 바로 가름이었다.

ㅡ부탁하마.

가름이 대답 대신 카리엘을 바라보자, 헬은 시선을 돌려 카리엘에게 고개를 숙여 부탁했다.

오직 조상들과 죄 없는 영혼들의 안식을 위해 모든 희생을 각오했던 로만과 산드리아의 병사들.

하지만 그들로 인해 희생된 자들이 너무 많았다.

과연 이들의 희생을 외면하고 자신이 마음대로 결정하는 것이 맞을까?

함부로 결정할 수 없는 사안에 고심하는 동안 저 멀리서 로만의 황제가 천천히 걸어왔다.

헬의 힘으로 무너진 궁전에 있는 모든 인간들이 방금의 대화를 들었다.

그렇기에 로만의 황제는 망설임 없이 움직일 수 있었다.

자신은 어떤 고통을 받더라도 상관없었다.

그저 죄 없는 이들이 대를 이어 고통받는 것만이라도 멈출 수만 있다면 그것으로 충분했다.

침묵하는 카리엘을 향해 로만의 황제가 천천히 걸어왔다.

털썩!

갑자기 카리엘의 앞에 무릎을 꿇는 로만의 황제.

"내가 지은 죗값은 달게 받겠소. 그러니⋯⋯ 죄 없는 이들에게만이라도 안식을⋯⋯ 주시오."

자신들의 황제가 무릎을 꿇자 눈물을 흘리면서 다가오는 이들.

무기를 내던지면서 카리엘의 앞에 무릎을 꿇었다.

"부디⋯⋯ 제 자식들이라도⋯⋯."

"저희는 상관없습니다. 아이들만이라도⋯⋯ 부탁드립니다!"

현실의 삶은 어찌 되어도 상관없다. 그저 죽은 이후 받는 고통만이라도 멈춰 달라는 간절한 외침.

어느새 달려온 산드리아의 군인들 역시 엎드리면서 간절하게 외쳤다.

생자만이 아니었다.

이미 죽은 망령들 역시 간절하게 외쳤다.

자신들은 상관없었다. 그저 아이들과 아직 태어나지도 않은 미래의 후손들만이라도 이 굴레에서 벗어나게 해 달라는 외침.

그런 그들의 간절함을 본 카리엘은 고심 끝에 입을 열었다.

"이들이 죽은 이후에도 죗값을 다 받기 전까진 안식에 들지 못하게 할 수 있나?"

카리엘의 물음에 가름이 작게 고개를 끄덕였다.

그러자 무릎을 꿇은 로만의 황제를 보며 말했다.

"그대들의 죄는 실로 중하기에 용서를 할 수 없다. 다만…… 아직 죄를 짓지 않은 이들에겐 자비를 내려 주지."

그렇게 말한 카리엘이 가름을 향해 작게 고개를 끄덕였다.

그러자 그제야 헬이 미소 지으며 카리엘을 향해 말했다.

─저승의 축복이 언제나 그대와 함께할 것이다.

그렇게 말한 헬이 카리엘의 이마에 있는 문양에 입을 맞춘 후 가루가 되어 서서히 사라져 갔다.

─불쌍한 나의 충견에게도 구원이 오기를 희망하마.

먼저 가서 미안하다는 듯, 눈물을 흘리며 완전히 사라진 헬.

그녀가 완전히 사라진 후, 몸을 구성하던 유물 역시 가루가 되었다.

대신 그녀가 가진 모든 힘들이 가름에게 주었던 보석에 모여들었다.

그 보석을 소중히 문 가름은 꿀꺽 삼켰다.

그 순간, 간신히 유지되던 궁전이 완전히 무너져 내리기 시작했다.

쿠구구구구!

무너지는 궁전을 가만히 바라보던 카리엘이 로만의 황제에게 말했다.

"지금부터 그대들이 할 일은 딱 하나다. 죽음을 각오하고 지옥에서 올라온 과거의 잔재들을 처리하는 것."

그렇게 말한 카리엘이 로만과 산드리아의 병사들에게 시선을 돌리고 외쳤다.

"대륙에 모든 과거의 잔재들이 없어지는 날, 그대들과 이 전쟁에서 죽은 영혼들 역시 안식을 맞이할 수 있을 터! 그러니 조상들을 위해서라도 움직여라!"

카리엘이 용서한 건 아직 태어나지 않은 자들과 죄 없는 이들에 한할 뿐, 이 사태를 벌인 많은 이들과 원죄를 지은 조상들은 아니었다.

이들이 죽음 이후 고통에서 해방되기 위해선 대륙의 모든 과거의 잔재들을 지워야 할 터.

자신들의 안식을 위해서라도 열심히 구를 것이다.

-또 굴리는 거냐?

"죗값은 스스로 갚아야지."

앞서서 감옥에 수감되었다 사형당하는 건 현 시점에서 아무런 도움이 되지 않는다.

그렇기에 굴려야 했다.

대륙의 모든 과거의 잔재들이 사라질 때까지 저들은 죄인의 신분으로 살아야 할 것이다.

그로 인해 온갖 문제들이 발생할 테지만 상관없었다.

그동안 희생당한 이들과 전쟁으로 고통받는 이들을 생각하면 결코 저들을 용서할 수 없었기 때문이다.

茶

그렇게 카리엘의 선언 이후 완전히 무너진 지옥의 궁전.

마침내 인류 연맹이 로만, 산드리아와의 전쟁마저 승리하자 이 소식은 곧바로 대륙 전역에 알려졌다.

-무너진 지옥의 궁전. 인류의 구원자가 지옥의 군대를 꺾었다!

최후의 전쟁!

위대한 황제가 결국 일을 냈다.

동대륙을 이 지경까지 몰고 온 원흉 중 하나인 로만을 끝냈다.

동시에 그들을 죄인 삼아 지옥에서 온 과거의 잔재들을 정리하기 위한 작전에 돌입했다.

이 소식은 뒤늦게 온 연합군에 의해 먼저 알려졌다.

- 이그니트의 위대한 황제! 기어코 지옥의 궁전을 무너뜨리다!

- 신마저 이긴 위대한 황제!

- 카리엘 프레드리히 폰 블레이저! 그의 위상은 이제 초대 황제를 넘어섰다!

동대륙을 구원한 위대한 서대륙의 황제를 찬양하는 기사들.

하지만 서대륙에서는 반발하는 이들도 있었다.

이그니트의 신이라 추앙받는 초대 황제를 뛰어넘었다는 말에 겉으로 내색은 안 하지만 심적으로는 반발하는 이들도 있었다.

하지만 그들조차 카리엘 전용 비공선에서 촬영한 영상을 보면서 생각이 바뀌었다.

쿠구구구!

폭음과 함께 무너지는 탑.

그리고 망령으로 되돌아가는 여신의 모습.

그걸 보면서 제국민들은 환호조차 하지 못하고 멍하니 바라보았다.

이그니트의 수도에 있는 거대한 영상구에서 나오는 카리엘의 활약상은 실로 압도적이었다.

"……."

"와……."

"저분이…… 우리의 황제?"

신화시대에 존재했던 거대한 개와 거인, 늑대를 조종하면서 신을 압박하는 모습은 가히 경이로울 정도였다.

마스터인 타리온과 아켈리오가 엄두도 못 낼 정도로 강력한 힘을 보이는 카리엘의 모습은 기록으로만 존재하는 초대 황제의 아성을 넘어섰다.

특히 거대했던 신을 무너뜨렸을 때의 쾌감은 자신이 이그니트의 국민이라는 것이 자랑스러울 정도였다.

-누가 감히 '신'을 의심하는가!

이젠 대놓고 카리엘을 신이라 칭하는 기사가 나와도 누구 하나 의심하는 이가 없었다.

신을 이긴 존재이니 신이라 불려도 이상할 게 없다는 논리였다.

물론 어떤 학자들은 카리엘이 이긴 존재가 진짜 신이 아니라 하지만, 이미 제국의 사람들에게 그런 논리는 먹혀 들어가지 않았다.

절망적인 상황 속에서 완전히 개화한 영웅.

그를 중심으로 적을 물리치고 평화를 되찾는다는 흔해 빠진 스토리였지만, 현실의 사람들에게는 그 흔해 빠진 스토리가 절실히 필요했다.

그러나 문제가 하나가 있었다.

위대한 영웅이 도무지 집으로 안 온다는 점이다.

제국민들이야 환호하고 난리 났지만 밖으로만 나도는 집주인 때문에 집을 관리하는 이들의 표정은 점점 어두워지고 있었다.

"폐하는 복귀하시지 않으려는 건가?"

한 대신의 물음에 모두들 침묵했다.

모두 이유는 알고 있었다.

-이 혼란을 진정시키려면 동대륙에 퍼진 과거의 잔재들을 처리하는 게 선결되어야 한다.

이런 이유를 들면서 카리엘은 직접 연합군을 이끌고 과거의 잔재들을 처리하기 위해 움직였다.

마왕군과 제대로 싸우기 위해서라도 과거의 잔재들과 그들로 인해 자꾸만 열리는 지옥문을 확실하게 닫아야만 했다.

문제는 그 숫자가 너무 많다는 것이다.

"아무래도 폐하께선……."

재무대신이 말끝을 흐리면서 말하지 않았지만 대전 안에 있는 모든 이들은 뒷말을 알고 있었다.

'황궁으로 복귀하지 않으실 생각인 거야.'

모두가 같은 생각을 하면서 고심에 빠졌다.

그동안 카리엘이 없는 동안 나름 국정 운영을 잘했다고 평가받는 이그니트의 현 수뇌부지만, 사실 겉으로만 그렇게 보일 뿐이다.

황제없이 황태자만으로 국정 운영이 제대로 될 리도 없을뿐더러 카리엘과 루피엘의 정치력의 차이도 너무 컸다.

무엇보다 카리스마의 차이가 컸다.

"내가 직접 폐하를 데려오겠소."

모두의 한숨 속에서 루피엘이 당당히 일어나 말하자 그런 그를 빤히 바라본 재상 윈스턴이 말했다.

"전하, 전하께오선 자리를 지키셔야지요."

"동생이 가야 설득을……."

"그럼 그동안 밀린 결재는 누가 합니까?"

재상의 물음에 루피엘의 입이 조가비처럼 다물렸다.

"그런 의미로 쓸모없는 제가……."

"재상, 수작부리지 마시오."

이번엔 루피엘이 재상을 막아서며 눈을 부라렸다.

의외의 모습을 보이는 루피엘.

매번 자신을 붙잡느라 실실 웃음을 흘리던 루피엘이 이런 강경한 모습을 나온다?

'전하도 은퇴를 생각하고 계시는군요.'

단번에 루피엘의 의도를 눈치챈 재상이 빙긋 웃었다.

은퇴를 간절히 바라는 두 사람이 서로 눈짓하다가 한숨을 쉬었다.

일단 뭐를 하려고 해도 카리엘이 돌아오지 않는 이상 성립되지가 않았다.

그렇기에 대신들과 머리를 맞댔다.

굵직한 현안들이 널려 있었지만 그것들은 이미 뒤로 밀려났다.

어느 때보다 길어진 대전 회의는 오직 한 가지 현안만을 토의하고 있었다.

　-황제 폐하를 복귀시킬 방법1.
　-황제 폐하를 복귀시킬 방법2.
　-황제 폐하를 복귀시킬 방법3.
　……(후략)…….

그 어느 때보다 맹렬히 돌아가는 대신들의 머리는 수많은 방법을 만들어 냈고, 그것들을 종합해서 카리엘이 돌아오도록 압박할 계획을 세워 나갔다.

　　　　　　　　　※

한편 대신들이 자신의 소중한 은퇴의 꿈을 물거품으로 만들 계획을 꾸미고 있는 것을 꿈에도 모른 채 웃으면서 동대륙을 돌아다니고 있는 카리엘.
　-그래서 언제 돌아갈 건데?
"마왕이 움직일 때쯤."
수르트의 물음에 웃으며 대답하는 카리엘.
그런 그의 대답에 수르트가 고개를 절레절레 흔들었다.

-그냥 지금 치는 게 어때?

"아직 준비가 부족하지."

그렇게 말한 카리엘은 글렌을 생각했다.

현재의 마왕은 전생보다 더 많은 힘을 갖고 돌아왔다.

어쩌면 본래의 모든 힘을 전부 회복했을 수도 있다.

전생보다 더 강력한 모습을 보이는 마왕.

그에 반해 글렌의 힘은 더 강해지기는커녕, 전성기 수준에도 미치지 못했다.

물론 그랜드 마스터에 오른 시점이 훨씬 빨라졌다지만 아직 부족한 부분이 너무 많았다.

"최소한의 기준 정도는 갖춰 줘야겠지."

-으음…….

"그리고 시카리오 후작도 기대해 볼 만하고."

전생엔 자신이 굴려 보기도 전에 죽은 시카리오 후작이었으나, 이번 생은 달랐다.

어쩌면 글렌에 이어 또 한명의 벽을 넘는 자가 나타날 수도 있었다.

그렇기에 기다려야 했다.

"완벽한 타이밍을 재야지."

마왕이 얼마나 강력할지 알 수 없는 지금, 조금이라도 완벽한 타이밍에 전쟁을 해야 했다.

-그건 알아야 돼. 우리가 강해지는 만큼 저들도 강해진다는

거.

이미 마족들이 과거의 잔재들을 사냥하면서 점점 강해지고 있다는 걸 보고받았다.

그렇기에 카리엘 역시 제국군에게 직접 과거의 잔재들을 사냥하라고 명을 내렸다.

그들이 과거의 잔재들을 통해 강해질 방법을 찾는다면 인류 역시 그렇게 할 수 있었기 때문이다.

과거의 잔재가 부활한 것이 대륙에 꼭 안 좋은 영향을 끼친 것은 아니다.

- 신화시대 이후 사라졌던 힘이 돌아왔다!

- 실전된 고대 마법을 찾았다.

- 과거의 잔재로부터 부활한 고대의 영령들.

- 사라졌던 존재들이 나타나기 시작했다. 대륙에 대체 무슨 일이 벌어지고 있는가?

분명 과거의 잔재들은 타락한 존재들이다.

지옥을 오염시켰던 힘은 대륙을 오염시키고 있었다.

하지만 그들이 가진 내면의 힘의 영향은 신화시대 이후 사라졌던 무언가에 영향을 준 것 같았다.

몇백 년간 찾아보기 힘들었던 요정족들이 모습을 드러내고, 정령이 깃든 영수들이 곳곳에 나타나기 시작했다.

이들의 등장으로 인해 고대 정령술과 고대 영수 계약법 같은 것들이 발전할 수 있었다.

또한 고대 주술을 통해 마법 역시 활용 폭이 넓어졌다.

하지만 이것들은 아직 연구가 필요했고, 당장 적용한다고 하더라도 인간들이 정령들과 영수들을 다루는 데 꽤나 많은 시간이 필요했다.

그에 반해 현대 마법을 곧바로 한 단계 더 업그레이드할 수 있는 방법이 있었다.

-고대 룬문자.

과거의 잔재를 사냥하면서 얻은 고대 룬문자의 활용.

복잡한 마법진을 룬문자를 이용해 극단적으로 줄일 수 있는 룬문자.

이것만 완성되면 제국과 인류는 몇 단계나 더 발전할지 알 수 없었다. 그렇기에 카리엘을 비롯한 인류는 과거의 잔재를 사냥하기 위해 혈안이 되었다.

마족 역시 과거의 잔재를 통해 발전하고 있기에 언젠가는 서로의 영역이 겹치게 될 터.

'인마 전쟁은 그때 비로소 시작되겠지.'

그렇게 생각한 카리엘이 한숨을 쉬었다.

아직까지는 시간이 있었다.

그렇기에 자신을 비롯한 마스터급 이상의 인류 최강자들이 발전할 수 있는 방법도 찾아야 했다.

사라진 기술들을 찾는 것은 분명 중요하다.

하지만 가장 고무적인 것은 바로 마력 운용법이었다.

현대까지 이어진 마나 숙성법과 마나 정제법은 원류.

과거의 잔재들이자 '신'의 반열에 오른 이들은 각기 다른 방법으로 순수한 마나의 힘을 이용하는 법을 보이고 있었다.

어쩌면 이들을 통해 보다 쉽게 마스터의 벽을 넘을 수도, 신화시대 이후 실전된 그랜드 마스터가 될 수 있는 효율적인 방법들도 찾을 수 있을 것이다.

"폐하, 도착했습니다."

타리온의 말에 상념에서 깨어난 카리엘이 저 멀리 보이는 번개의 폭풍을 바라보았다.

"강하네."

한 지역의 신으로 추앙받았던 거대한 새.

천둥새 중에서도 가장 크고 강력했다던 새가 발산하는 뇌전은 순수한 마력에 의해 구름에서 떨어지고 있었다.

접근조차 쉽지 않은 폭풍이 일어나고, 마스터조차 겁낼 정도로 강력한 번개를 마구 뿜어냈다.

"순수한 힘이라……."

인류와는 전혀 다른 방식으로 마나를 이용하는 천둥새를 보면서 카리엘이 입가에 미소를 지었다.

전생에 자신의 몸을 고치기 위해서 수많은 연구를 해 왔던 카리엘이기에 지금 보여 주고 있는 천둥새의 힘의 운용은 굉장히 흥미로웠다.

천둥새뿐만이 아니었다.

신이라 추앙받았던 자들의 마나 운용법들을 기록해 연구한다면 인류는 한층 더 발전할 수 있으리라.

어쩌면 인간들 중에서 신이 탄생할지도 모를 일이다.

하지만 마왕이 그것을 기다려 줄 리가 없었다.

"사냥을 시작하지."

"예!"

카리엘의 명령에 고개를 숙인 그림자와 기사들.

그렇게 카리엘이 신적인 존재를 사냥하고 있을 무렵, 마왕 역시 압도적인 힘으로 과거의 잔재들을 죽여 나갔다.

그런데 그때 대륙에 지각변동이 일어났다.

지금껏 개별 행동을 하면서 대륙에 영향을 끼치던 과거의 잔재들이 대규모 이동을 시작한 것이다.

현대에는 볼 수 없었던 엄청난 크기의 거룡부터 거인, 심지어 거대한 새까지 어느 한 지점으로 이동했다.

과거의 잔재들의 대이동과 함께 잠잠하던 거인의 산맥이 요동치기 시작했다.

마치 지금껏 참아 왔다는 듯 산맥 곳곳에서 화산이 폭발하더니 대륙의 정중앙에서 거대한 산이 솟구치기 시작했다.

그리고 그곳을 향해 모여드는 과거의 잔재들.

그들이 모여들면서 유난히 높게 솟아오른 섬을 중심으로 수많은 부유섬들이 생겨나기 시작했다.

그리고 그 부유섬들이 모여 하나의 거대한 공중 대륙을 형성하기 시작했다.

마치 신화시대에 표현된 신들의 땅이 재림이라도 한 것 같은 광경.

"아스가르드인가?"

그렇게 중얼거린 카리엘이 영상구에 비친 구름 너머의 대지를 보았다.

"마왕은?"

"움직이기 시작했습니다."

카리엘의 물음에 타리온이 곧바로 대답했다.

애초에 신을 사냥하기 위해 이 전쟁을 시작한 마왕이다.

마침내 자신이 죽일 만한 신이 나타났으니 기다릴 것 없이 그쪽으로 움직일 것이다.

그런데 하필 그곳이 거인의 산맥에서 일어났다는 게 문제였다.

"더는 전쟁을 미룰 수가 없겠네."

그렇게 말한 카리엘이 쓴웃음을 지었다.

이젠 정말로 인마 전쟁을 시작해야 할지도 몰랐다.

마왕은 아스가르드로 향할 테고, 그 과정에서 마왕군은 방

해되는 인류를 공격할 테니 더는 전쟁을 피할 수 없는 것이
다.

"후…… 가자, 제국으로."

카리엘의 명령에 그 말만을 기다렸다는 듯 타리온과 아켈
리오가 고개를 숙였다.

* * *

마침내 복귀 명령이 떨어지자 그가 탄 비공선이 전력으로
서쪽을 향해 질주했다.

당장이라도 마족과 전쟁이 일어날 것이라는 예상과 달리
마왕은 빠르게 움직이지 않았다.

신들의 대지가 전부 완성되고 과거의 잔재들이 모이길 기
다리는지, 천천히 움직이며 마왕군을 재정비했다.

며칠에 걸쳐 마왕이 당장 전쟁을 일으키지 않을 것이라는
게 확인되자 그제야 인류의 군대 역시 재정비를 결정했다.

-마침내 가족의 품으로 돌아온 영웅들.

수많은 희생을 치른 연합군은 동부 원정을 끝마치고 가족
의 품으로 돌아올 수 있었다.

그렇기에 이 사실을 대대적으로 보도했으나 마냥 기뻐할

수만은 없었다.

어쩌면 최후의 전쟁이 될 수도 있는 큰 전투를 앞두고 가족과 만나는 것이기 때문이다.

이그니트뿐만 아니라 대륙의 모든 병사들은 이번 전투가 최후의 전투가 될 것임을 알기에 가족들의 곁에서 한시도 떨어지지 않았다.

짧은 휴식기.

하지만 그 어느 때보다도 달콤한 휴식 속에서 각국의 수뇌부는 더욱 바삐 움직였다.

특히 바쁜 건 이그니트였다.

"이제 만약을 대비하는 건 의미가 없어졌소."

루피엘의 말에 대신들이 고개를 끄덕였다.

카리엘의 명령으로 만약을 대비했던 이들.

하지만 전장이 거인의 산맥으로 옮겨진 이상 거인의 산맥을 중심으로 벽을 친다는 기존 계획은 큰 의미가 없었다. 그러나 그동안의 계획이 의미가 없던 것은 아니었다.

모든 전력이 거인의 산맥에 집중되었기 때문이다.

대륙의 중심부로 보이는 거인의 산맥의 가장 높은 꼭대기.

그곳을 중심으로 거대한 부유섬들이 뭉쳐 만들어진 신들의 대지.

대체 어떤 방법으로 만들어지는지 짐작조차 못 할 정도로 높은 수준의 힘에 의해 만들어진 아스가르드는 과거의 잔재들이 정말로 신의 파편임을 증명했다.

– 신화시대의 재림인가?

한 학자의 논문.

고대 문서들을 바탕으로 현대의 마법으로는 절대 유지할
수 없는 기이한 현상은 오직 신의 반열에 오른 자만이 가능
하게 한다고 적혀 있었다.

그리고 그건 다른 학자들 역시 공통된 의견이었다.

인류의 모든 것을 걸고 겨우 반쪽짜리 신 하나를 이겼는
데, 수많은 신들이 모이는 아스가르드가 생기자 모두가 불안
에 떨었다.

하지만 이그니트의 수뇌부는 달랐다.

"비록 위험하긴 하나 위치가 거인의 산맥이어서 좋군."

"그렇습니다."

루피엘의 말에 재상이 웃으며 고개를 끄덕였다.

거인의 산맥은 그들이 준비한 핵심 전력과 기술들이 집약
된 곳이었다.

이제 그 모든 전력을 거인의 산맥 중심부인 아스가르드라
불리는 공중 대지에 집중하면 되었다.

– 신속한 전략물자 이송을 위한 물류망.

- 거인의 산맥 근방에 만든 수많은 후방 기지.
- 거인의 산맥 곳곳에 설치한 함정들.

이 모든 준비는 마왕군과 지옥의 군대를 위한 것이지만 그 대상을 과거의 잔재로 변경하면 그뿐이다.

문제는 이다음이다.

"이후 전략은 어떻게 짜면 되겠습니까?"

재상의 물음에 루피엘이 뭘 묻느냐는 듯 말했다.

"앞으로 모든 결정은 폐하께서 오시면 하게 될 겁니다."

루피엘의 말에 재상도 미소를 지었으나 한편으로는 걱정 되는 점도 있었다.

"폐하께서 분노하시지 않을는지……."

"어쩌겠소. 우리도 살아야지……."

그의 말에 재상이 빙그레 미소를 지으며 고개를 끄덕였다.

"그나저나 준비는 어떻게 되었소?"

"이미 세리엘 총사령관과 로칸 총사령관과도 이야기가 다 끝났습니다."

재상의 대답에 빙그레 미소를 짓는 루피엘.

이제 남은 건 자신들의 황제가 '그곳'에 도착하는 것뿐이었 다.

"타리온 공과 아켈리오 공은……?"

"입을 다물 것입니다."

재상이 걱정 말라는 듯, 단호하게 말했다.

만약 그들이 입을 잘못 놀려 카리엘이 사실을 알게 되고 작전이 실패한다?

그렇게 된다면 이후에 일어날 루피엘의 분노는 그들이 뒤집어쓰게 될 것이다.

혹시라도 카리엘이 은퇴한다면 다음 대 황제는 루피엘이 될 것이고, 그들은 바깥 구경조차 못 하도록 서류 지옥 속에 파묻히는 삶을 살게 될 것이다.

물론 후에 이 사실을 알게 될 카리엘의 분노가 두려울 터이나, 모두가 작당하고 한 일이니 고통은 분담될 수 있을 터.

"리스크는 나뉘어야 하는 법이라는 걸 그들도 잘 알고 있을 것입니다."

재상의 말에 루피엘과 대신들이 고개를 끄덕였다.

카리엘을 제외한 모든 이들이 한통속인데 뭐 어쩔 거란 말인가?

그렇게 모두가 파 놓은 함정 속에서 아무것도 모르고 돌아오는 카리엘.

평소라면 뭔가 이상함을 눈치챘을지도 모르지만 최후의 전쟁을 앞둔 카리엘은 온통 신경이 온통 아스가르드와 마왕에게 쏠려 있었기에 전혀 눈치채지 못했다.

"그러게. 형님 혼자만 살려고 그러면 안 되지요."

모두가 나간 대전에서 그렇게 중얼거린 루피엘은 소중히

품고 있는 사직서를 매만지면서 하루빨리 카리엘이 그곳에 당도하길 기도했다.

모두의 바람 속에 카리엘이 전속력으로 돌아오는 사이, 대륙은 이례적으로 평화로웠다.

모두가 조금만 더, 이 평화가 지속되기를 바랐다.

하지만 마왕의 인내심은 그리 길지 않았다.

-마침내 움직인 마왕! 드디어 전쟁이 시작되나?

각국의 수뇌부가 마왕이 움직였다는 것을 전 대륙 사람들에게 알렸다.

이유는?

간단했다. 평화에 젖어 있을 병사들을 다시금 소집하기 위한 명분이었기 때문이다.

"으아아앙! 아빠 가지 마!"

울며 매달리는 아이.

소매로 눈물을 훔치는 아내.

그들을 두고 눈물을 흘리면서 무기를 짊어지는 병사.

그 역시 가기 싫었다.

하지만 갈 수밖에 없었다.

여기서 진다면 인류는 멸망이다.

가족들을 지키기 위해서라도 목숨 걸고 싸우기 위해 다시 전선으로 복귀하는 병사들.

서대륙, 동대륙 할 것 없이 모든 병력이 재소집되는 사이 마침내 카리엘이 대륙을 횡단하며 대륙 최대 요새인 거인의 요새에 도착했다.

이그니트의 주요 전력이 전부 모인 상황에서 중앙에 내려 앉은 비공선.

그곳의 문이 열리자 모든 이들이 일제히 고개를 숙이며 외쳤다.

"폐하를 뵙습니다!"

모두의 외침 속에서 조용히 주변을 둘러보는 카리엘.

-표정 좀 펴라.

인상을 구기고 있는 카리엘을 보면서 작게 속삭이는 수르트.

'결국 오고 말았네.'

상황만 이렇지 않았다면 좀 더 뭉그적거려 볼 수 있었을 것이다.

어쩌면 동부에 죽치고 있다가 은근슬쩍 은퇴 각을 잡을 수 있을지도 몰랐다.

하지만 결국 이렇게 돌아와 버리고 말았다.

"황궁으로 안 돌아간 게 다행이라 생각해야 하나?"

그렇게 중얼거린 카리엘이 손짓으로 경례를 멈추라고 말한 후, 조용히 거인의 요새 중심부로 향했다.

이번에도 예전처럼 거인의 요새에서 죽치고 있다가 전투가 시작되면 움직일 생각을 한 카리엘.

그런데 왠지 분위기가 싸했다.

"뭔가 이상한데?"

카리엘의 중얼거림에 뒤에서 따라 걷던 타리온과 아켈리오가 자신도 모르게 움찔거렸다.

다행히 그 모습을 보지 못한 카리엘은 자꾸만 고개를 갸웃거렸다.

자신의 촉이 지금 안으로 들어가면 안 된다고 자꾸만 말하고 있었다.

"뭘까……."

그렇게 중얼거릴 때였다.

"폐하를 뵙습니다!"

익숙한 목소리들이 우렁차게 들려왔다.

절대 들려서는 안 될 목소리들.

그들의 목소리를 듣는 순간 카리엘의 표정이 굳어지기 시작했다.

"자네들…… 아니! 루피엘! 네가 왜 여기에?"

카리엘이 당황한 표정으로 동생을 바라본 순간, 세리엘이 헛기침하면서 모습을 드러냈다.

"너까지?"

그렇게 말하는 순간, 한창 폐관 수련 중일 시카리오 후작까지 나타나자 카리엘의 표정이 굳어졌다.

머리가 그 어느 때보다 빠르게 돌아가며 지금 이 상황이 어떤 것인지 알 수 있었다.

"단순히 날 환영하기 위한 자리는 아닌 것 같은데……."

카리엘이 슬쩍 뒤를 보며 타리온과 아켈리오를 째려보자 그들이 황급히 고개를 돌리며 헛기침했다.

대신들과 재상들이 자리한 곳 옆에는 수북하게 쌓인 자료들이 보였다.

그것을 본 카리엘은 최악의 상황을 가정했다.

"후…… 다들 짐의 복귀를 환영해 주어 고맙군."

아무것도 모르는 척 걸어가면서 말하자 대신들을 비롯한 모든 관료들이 말없이 고개를 숙였다.

-황좌까지 가져다 놨네.

황궁에 있어야 할 황좌까지 가져다 놓은 관료들을 보면서 수르트가 재밌다는 듯 웃었다.

"어찌하여 황좌가 여기에 있는가?"

"폐하께서 계신 곳이 곧 황궁 아니겠습니까?"

루피엘의 말에 카리엘이 분노한 표정으로 말했다.

"감히 초대 황제 폐하 때부터 이어져 온 관례를 무시하는 것이냐!"

"송구하옵니다."

황급히 고개를 숙인 루피엘.

하지만 곧바로 입을 열었다.

"하오나 현 황제 폐하께오선 이미 초대 황제의 그늘을 넘으신 분. 또한 대륙의 위기인 지금 상황에서 신의 위협을 이겨 낸 위대한 폐하께서 직접 제국을 이끄시는 게 마땅하다 판단되는 바."

그렇게 말하면서 고개를 숙인 루피엘이 조심스레 품속에서 보고서를 꺼냈다.

그것을 조심스레 받아 든 늙은 시종장이 카리엘에게 가져다주었다.

"전……시…… 행정?"

"예, 폐하. 전시 행정을 제안코자 하옵니다."

카리엘이 있는 곳을 중심으로 만들어지는 임시 황궁.

앞으로 모든 관료들이 카리엘을 따라다니겠다는 의지를 표명한 것이다.

"지금 장난하는가! 모든 체제가 집중되어 있는 수도를 버리고 뭐? 나를 따라다니겠다?"

카리엘이 분노하는데도 침착한 표정으로 다음 보고서를 들이미는 재상.

"폐하의 밀명으로 거인의 산맥을 중심으로 모든 물자를 집중시킬 수 있는 체제를 갖췄습니다."

"또한 만약을 대비해 철벽의 성에 중요 결정을 내릴 수 있
는 모든 수단을 준비해 놓았습니다."

재상의 말을 이어 말하는 루피엘.

"군부 역시 거인의 요새에서 전군에게 명령을 내릴 수 있
도록 준비해 놨습니다."

세리엘의 말에 카리엘이 한숨을 쉬었다.

의도적으로 동부를 발전시켜 왔던 이그니트.

만약을 대비하던 움직임이 카리엘이 전시 행정을 해도 무
리가 없을 정도로 준비될 수 있는 기반이 되었다.

어차피 주전장은 거인의 산맥이 될 터이니 카리엘이 전장
을 나돌아 다녀도 아무런 문제가 없었다.

"……."

"폐하! 부디 그 현명함으로 소신들을 직접 이끌어 주십시
오."

"이끌어 주십시오!"

루피엘의 선창에 모든 이들이 무릎을 꿇으면서 외쳤다.

그것을 보면서 수르트가 재밌다는 듯 키득거리며 말했다.

-조졌네. 꼼짝없이 서류 지옥에 파묻힐 수밖에 없겠어.

작은 불덩이가 웃으면서 말하자 어느새 나타난 스콜과 아
그니가 카리엘을 위로하듯 작은 손으로 머리를 쓰다듬어 주
었다.

그리고 새로이 소환체가 된 가름의 초록불 역시 작은 팔을 만들어 내 카리엘의 머리를 툭툭 쳐 주었다.

"……알겠다."

한참을 침묵하던 카리엘이 가까스로 대신들의 청을 받아들였다.

그러자 환호하는 대신들과 관료들.

루피엘과 세리엘의 경우 눈물까지 흘리고 있었다.

그 모습에 표정을 구긴 카리엘은 곧바로 주요 현안들을 처리하기 위한 회의를 시작했다.

※

돌아오자마자 일하게 된 카리엘.

그와 달리 마왕은 여유롭게 거인의 산맥으로 움직였다.

마치 유람하듯 이곳저곳을 거닐며 과거의 잔재들이 있는 곳으로 움직인 마왕.

-저곳인가? 신기하긴 하군.

유난히 우뚝 솟은 산을 중심으로 섬들이 둥둥 떠 있는 모습은 신비로워 보였다.

하지만 그것에 대한 감흥은 극히 짧았다.

-어떤 놈들이 기다리고 있으려나.

그렇게 중얼거린 마왕이 투기를 내뿜었다.

자신의 관심은 오로지 더 강한 존재와의 결투뿐이다.

그렇기에 마왕은 오로지 강자와의 싸움을 위해 움직이려 했다.

－저희가 단독으로 저곳을 치려 한다면 뒤를 인간의 군대가 칠 것입니다.

－저곳에는 나 혼자 간다. 너희는 인간의 군대를 막거라.

－하오나……

마왕의 결정에 뭔가 말하려던 여우 귀를 가진 마족이 조용히 입을 다물었다.

－모든 것은 마왕님의 뜻대로…….

고개를 숙인 여우 여인의 말에 빙그레 웃으면서 고개를 끄덕인 마왕은 홀로 거인의 산맥을 오르기 시작했다.

❊

홀로 거인의 산맥을 오르기 시작한 마왕.

동시에 마왕군이 아스가르드를 중심으로 집결했다.

그러자 연합군 역시 빠르게 군대를 모아 북상을 시작했다.

동쪽의 로만과 산드리아 군대 역시 빠르게 서진하며 마왕군을 상대할 준비를 했다.

반면에 이그니트 쪽은 조용했다.

"정황상 마왕 혼자 움직인 것 같습니다."

타리온의 보고에 카리엘이 어이없다는 표정을 지었다.

"오만하군."

"그럴 만한 강함입니다."

타리온의 말에 카리엘이 고개를 끄덕였다.

마왕이 마계에서처럼 모든 힘을 사용할 수 있다면 충분히 지금의 오만함이 납득 가능했다.

그랜드 마스터의 극에 다다랐을 것으로 추정되는 존재.

마스터의 끝자락도 아니고, 그랜드 마스터의 끝자락이다.

이미 군사 전문가들의 평가는 신화시대의 용을 베어 죽인 영웅 시구르드보다 강할지도 모른다는 평가를 내놓고 있는 상황.

그런 그이기에 홀로 과거의 잔재들을 지워 버리기 위해 움직이는 것이다.

"현재 마왕군의 전력은?"

"마군단장급 11명. 그외 흑마법사를 비롯한 마스터급 마인이 한둘 정도 더 있을 거라고 추정됩니다."

카리엘의 물음에 지금까지 조사한 것을 토대로 보고하는 타리온.

모든 정보를 들은 카리엘이 로칸에게 물었다.

"그래서 작전은 어떻지?"

"……가장 확실한 방법은 인류의 모든 병력을 마왕군에 집중하는 것입니다."

"마왕에 대한 대책은?"

마계의 주요 전력이 전부 온 마왕군은 분명 중요한 전력이다.

하지만 그 이상으로 마왕이 더 위험했다.

만약 신을 상대하는 과정에서 마왕이 지금보다 더 강해진다면?

그건 곧 재앙이었다.

과거의 잔재들을 죽이면서 기존의 마스터들은 분명히 성장을 이루어 냈다.

비록 그랜드 마스터의 극에 이른 존재에 비하면 약하다고는 하지만 정체된 마왕에게 깨달음이 주어질 요소가 있다면 막아야 했다.

"가장 확실한 건…… 마왕의 뒤를 따르는 것입니다."

"뒤를 따른다라……."

"마왕을 상대할 전력을 구성해 아스가르드에 있을 신들을 마왕이 상대하는 동안……."

"뒤를 친다."

카리엘이 눈을 빛내면서 말하고는 입가에 빙그레 미소를 지었다.

반면에 타리온을 비롯한 대신들의 표정은 썩어 들어갔다.

그가 할 다음 말을 알 수 있었기 때문이다.

"자! 그럼 묻지. 현시점에서 마왕을 상대할 만한 존재가 누가 있지?"

카리엘의 물음에 곧바로 대답하지 못하는 로칸 바르사유.

"대답."

대답을 종용하는 카리엘을 보면서 한숨을 쉰 로칸이 힘겹게 입을 열었다.

"가장 먼저 그랜드 마스터 글렌 공이 있습니다."

"또."

"그랜드 마스터에 근접한 시카리오 후작이 있습니다."

"또."

카리엘의 물음에 쉽게 답을 하지 못하는 로칸.

그도 그럴 것이 마스터들을 말하기엔 이미 때가 늦었기 때문이다.

힘의 절반도 사용하지 못할 때조차 마스터는 그저 시간을 잠시 끌어 주는 역할이었다.

하지만 이젠 그마저도 활용할 수 없었다.

모든 힘을 회복했을 것이라 추정되는 마왕을 상대로는 예전과 같은 작전은 어려웠기 때문이다.

10인 이상의 마스터가 합을 맞춘다면 가능할수도 있겠지만, 그렇게 되면 마왕군을 이기기 힘들었다.

"없나?"

"……있습니다."

"그럼 답을 하게."

카리엘의 말에 작게 한숨을 쉰 로칸이 다시 입을 열었다.

"폐하십니다."

헬을 쓰러뜨렸던 카리엘.

특수한 능력이기에 그랜드 마스터급이다 뭐다 말할 수는 없지만 카리엘의 능력은 확실히 마스터를 넘어섰다.

그렇기에 마왕을 상대로도 충분히 유효한 전력이라고 판단할 수밖에 없었다.

문제는…….

"폐하!"

"마왕은 너무 위험하옵니다!"

극렬히 반대하는 대신들을 보면서 카리엘이 피식 웃었다.

"이제 와서 반대하는 것도 우습지 않나? 반대하려면 내가 헬을 쓰러뜨리기 전에 했어야지."

"하오나 그때와는 상황이 다르지 않습니까?"

카리엘의 말에 타리온이 나섰다.

항상 카리엘의 안전을 염려하는 타리온이 나서자 모든 대신들이 그를 바라보았다.

모두의 응원 속에서 타리온이 입을 열었다.

"마왕은 지옥의 힘을 사용하지 않습니다."

"아…… 그렇긴 하지."

확실히 마왕은 헬처럼 힘의 상성을 이용한 우위를 이루긴 힘들었다.

하지만 이제 그런 건 상관없었다.

"뭐…… 그 부분에 있어선 나도 아쉽긴 해. 그런데 이젠 그딴 힘의 상성이 아니어도 되지 않아?"

카리엘의 물음에 타리온이 표정을 구겼다.

그건 아켈리오 역시 마찬가지였다.

둘의 반응에 대신들을 비롯한 다른 이들이 고개를 갸웃거렸다.

카리엘의 말에 아무 말도 못 하고 조가비처럼 입을 다문 둘을 보던 재상이 눈치 빠르게 물었다.

"혹…… 폐하와 두 사람이 대결을 해 본 적이 있는 것이오?"

재상의 물음에 다들 궁금하다는 표정으로 타리온을 바라보았다.

그러자 타리온이 한숨을 쉬며 작게 입을 열어 답했다.

"……예."

"설마…… 폐하께오서?"

"이기셨소."

담담히 답을 한 아켈리오가 그때의 일을 간략하게 설명해 주었다.

헬을 쓰러뜨린 후 그녀의 힘이 일부 흡수되면서 더 강력해진 카리엘.

과거의 잔재들을 처리하기 전에 걱정하는 타리온을 설득

하기 위해 두 마스터와 대결을 했었고, 결론은…….

"폐하의 완승이셨지. 나중엔 수르트와 스콜을 소환하지 않고도 이기셨소."

타리온과 아켈리오와의 대련에 익숙해지자 아그니 하나만을 소환해서 이기는 기염을 토한 카리엘.

아그니의 무서움도 있었지만, 카리엘이 화염을 다루는 능력은 이미 마도사의 그것을 넘어섰다.

지옥에서 타락한 과거의 잔재들을 해치웠던 것도, 수많은 망령을 막아 낸 것도 전부 카리엘의 능력이었기에 짧은 시간 내에 무지막지한 성장을 한 것이다.

"자! 증명은 된 것 같으니 작전은 새로 짜야겠지?"

그렇게 말한 카리엘이 빙그레 웃었다.

"작전은 나와 글렌, 시카리오 후작이 아스가르드로 올라가는 것을 중심으로 짜기로 하지."

"……그리하겠습니다."

"그럼 그동안 행정은 다시 루피엘 황태자가, 후방 병력과 군수 관리는 세리엘이, 전반적인 전장 관리는 로칸 총사령관이 하도록."

다시금 일을 떠넘긴 카리엘이 만족스러운 표정으로 빙그레 웃었다.

그것을 본 대신들의 표정이 다시금 구겨졌다.

하지만 반대할 수가 없었다.

모든 명분이 카리엘에게 있으니 마땅히 따를 수밖에.

"그럼 움직이도록."

"예! 폐하."

카리엘의 명령에 모든 이들이 재빠르게 움직였다.

남부 연합군과 로만·산드리아 연합군이 움직이는 동안에도 잠자코 있던 이그니트의 대군이 요동칠 준비를 한 것이다.

혹한의 협곡에 있던 대군이 남하를 시작하고, 거인의 요새에 있던 대군 역시 움직이기 시작했다.

- 마침내 움직이는 이그니트!

이그니트가 움직이기만을 기다리던 사람들이 대군이 움직이는 것을 기사로 내보내는 순간 환호했다.

동시에 슬퍼했다.

이젠 정말 최후의 전쟁이 다가왔기 때문이다.

인류의 존망을 건 대전쟁이 시작되자 모든 사람들이 신을 찾았다.

"제발 인류에게 희망을……."

"부디 전쟁에서 승리하기를……."

어떤 이는 자신의 아버지를, 어떤 이는 자신의 자식이 살아 돌아오기를 희망하며 기도했다.

서대륙, 동대륙 가릴 것 없이 모든 이들이 전쟁의 승리를 기도했고, 그들의 기도를 뒤로하며 대군이 마왕군 앞에 당도했다.

-이제는 무시할 수 없는 전력이군요.

여우 여인이 한숨을 쉬었다.

분명 얼마 전까지만 하더라도 인류의 전력은 마계에 큰 위협이 되지 못했다.

마스터급 숫자야 서대륙 동대륙을 합하면 얼추 맞출 수 있다지만 기본적인 체급 차이가 너무 컸기 때문이다.

하지만 인류는 그 체급 차이를 무기로 커버했다.

그것을 증명하는 것이 바로 하늘을 가득 메운 엄청난 숫자의 비공선들이었다.

수많은 발전을 이룬 비공선들은 발전을 거듭하며 엄청난 크기의 공중 모함까지 만들었다.

무지막지한 공중 전력뿐만 아니라 지상을 가득 메운 포병 전력과 기갑 전력까지.

하나하나가 강력한 전력들이었다.

-버텨 봅시다.

그녀의 말에 마족들이 자존심이 상한다는 듯 인상을 찌푸렸다.

하지만 누구보다 냉철한 그녀는 이미 마족과 인류의 전력 차이를 인정했다.

-이그니트군 총사령관 로칸 바르사유!
-연합군 총사령관 에쉬타르!

두 명의 총사령관에 의해 지휘되는 인류의 군대.

가장 강맹한 전력을 가진 이그니트의 전력을 총지휘는 누구나 예상했듯 로칸 바르사유였다.

의외인 것은 연합군이었다.

로만과 산드리아의 전력에 더해 남부 연합군까지 에쉬타르에게 지휘를 맡긴 것이다.

감옥에 갇혀 있던 그가 풀려난 것도 놀라운데 그가 총지휘를 하게 되자 모든 이들이 놀랐지만 현 상황은 그런 놀라움조차 빠르게 인정할 수 있게 했다.

최후의 전쟁이 될지도 모르는데 그깟 것이 문제일까.

감옥에 갇힌 채 끝까지 이그니트에 합류하지 않았던 이반 형제 역시 이번 전쟁을 위해 무기를 들어 올렸다.

이들뿐만이 아니었다.

각국에 갇혀 있던 죄인들을 끌어모아 부대를 만들었다.

최후의 전쟁에서 활약한다면 모든 죄를 사해 주겠다는 조건은 죄인들로 하여금 목숨 걸고 무기를 들게 만들었다.

몇몇 사람들은 대역 죄인들을 용서해 주겠다는 결정에 반발하기도 했으나, 인류 최후의 전쟁은 그 모든 목소리를 묻히게 만들었다.

"가용할 수 있는 모든 자원을 활용한다."

카리엘의 명령이 떨어졌는데 소수의 반발이 무슨 소용이랴.

그렇게 대륙의 모든 전력이 거인의 산맥에 집중되었고, 그것을 공중에서 지켜본 카리엘이 짧은 감상을 내뱉었다.

"인류의 평화인가?"

마왕군이라는 강력한 적 앞에 한데 뭉친 인류.

이제껏 이뤄진 적 없는 인류의 모습에 카리엘이 피식 웃었다.

-강대한 적이 나타나는 게 꼭 나쁜 건 아니군.

"뭐…… 그래 봤자 적이 사라지면 다시 분열하겠지."

카리엘의 말에 수르트가 피식 웃었다.

위기의 순간에는 힘을 합치지만 결국 인간이란 망각의 동물.

자신의 위협하는 위험이 사라지면 언제 어디서든 배신을 할 수 있는 생물이기도 했다.

-그래도 네가 황제로 있는 동안은 별탈 없지 않을까 싶은데?

"분열하라고 해. 난 은퇴할 거니까."

그렇게 말한 카리엘은 한숨을 쉬면서 명령을 내렸다.

"시작해."

"예!"

카리엘의 명령과 함께 마왕군을 향한 공격이 시작되었다.

가장 먼저 마도포의 빛줄기들이 마왕군의 결계를 두드리는 것으로 전장이 시작되었다.

"결계를 뚫어라!"

로칸의 명령에 모든 이들이 결계를 부수는 데 집중했다.

이들이 이렇게 결계를 부수는 데 집중하는 것에는 다 이유가 있었다.

"폐하가 움직일 공간이라도 만들어!"

로칸의 목소리에 모든 이들이 사력을 다해 결계에 구멍이라도 내기 위해 전력을 집중했다.

이번 작전의 핵심.

그것은 바로 마왕을 저지할 전력을 아스가르드로 보낼 길을 만드는 것이었다.

"폐하, 준비되었습니다."

"가지."

타리온의 말에 고개를 끄덕인 카리엘이 글렌과 시카리오 후작과 함께 소형기로 향했다.

아스가르드로 가는 데 비공선까지는 필요 없었다.

온갖 마공학으로 떡칠이 된 소형기.

그것이면 충분했기 때문이다.

위이이이이!

기계음이 들리면서 마나가 맹렬하게 회전하기 시작했다.

막대한 돈을 들여서 아직 부족한 기술을 자원으로 퉁 친 무지막지한 기체가 하늘을 날아오를 준비를 시작했다.

그리고 마침내 마족들이 심혈을 기울여 만든 결계 일부가 깨져 나가는 순간, 공중모함에서 한 줄기 빛이 아스가르드를 향해 날아올랐다.

－막아라!

여우 여인의 명령에 황급히 날아오르는 마족들.

하지만 그런 그들을 막기 위해 비공선들이 자신들이 공격당할 것을 감내하면서 전진했다.

"첫 번째 싸움은 우리의 승리인가?"

그렇게 중얼거린 로칸이 작게 한숨을 쉬었다.

가장 중요한 목표는 달성했다.

이제 남은 것은 저 빌어먹을 마왕군을 처단하는 것뿐.

비록 전략적 승리는 거두었으나 대전쟁은 이제 막 시작했을 뿐이다.

"어디 한번 싸워 보자고."

그렇게 중얼거린 로칸 바르사유가 대군에게 명령을 내렸다.

그러자 그에 발맞춰 에쉬타르 역시 연합군을 움직이면서 본격적으로 마왕군과의 전투가 시작되었다.

인류의 존망을 건 대전쟁이 본격적으로 시작되자 지축이 흔들리며 높게 솟은 거인의 산맥에도 여파가 일어났다.

흔들리며 나무와 돌들이 떨어져 내리며 산 일부가 무너져 내리기도 했다.

그러나 신기하게도 가장 높이 솟아오른 산 위에 만들어진 아스가르드는 조금도 영향이 가지 않았다.

쿠우웅!

"괴물인가?"

폭음과 함께 살점이 터져 나가면서 거대한 산이 흔들렸다.

신형 마도포와 마족들의 강력한 힘에도 조금도 영향이 없던 거대한 산이 마왕의 주먹질 한 방에 요동을 치는 것이다.

"저런 자가 아직 신의 반열에 이르지 못했다라……."

카리엘의 말에 소형기 안에 묘한 침묵이 감돌았다.

신의 반열에 이르지 못했지만 역사에 이름을 날렸던 과거의 잔재들이 폭죽처럼 터져 나가는 모습을 보면서 시카리오 후작의 표정이 어두워졌다.

산의 길목을 지키는 거인들을 박살 내면서 빠르게 등반하는 마왕.

산 곳곳에 만들어진 독무부터 칼날 같은 바람, 화산처럼 터져 나오는 용암들도 마왕의 걸음을 막지 못했다.

마치 이 모든 게 유희인 듯, 오히려 웃으면서 과거의 잔재들을 박살 냈다.

"……"

부담감에 식은땀마저 흘리는 시카리오 후작.

그랜드 마스터에 오른 글렌이나 그와 비슷한 경지로 추정되는 힘을 가진 카리엘.

반면에 그는 아직 벽을 뚫지 못했다.

분명 뭔가 잡히는 것이 있는데 막상 자세히 들여다보면 그것이 무엇인지 알 수가 없는 상황.

육체의 감각은 '넌 벽을 넘었다!'라고 알려 주고 있으나 머리가 그것을 이해하지 못한 반쪽짜리가 현재 시카리오 후작의 경지였다.

그렇기에 더욱 조급해졌다.

그런 후작의 상태를 알아차린 카리엘이 그를 나직이 불렀다.

"후작."

"……예, 폐하."

"조급해하지 말게."

카리엘은 후작을 보며 말을 이었다.

"그대의 장점은 어느 때라도 냉철함을 유지하는 것 아니었나?"

위로의 말에 시카리오 후작이 떨린 눈동자로 카리엘을 바라보았다.

그러자 카리엘이 다 안다는 듯한 표정을 지었다.

아직 젊은 황제가 무엇을 안다는 것일까?

그러나 카리엘은 정말로 자신의 심정을 이해하고 있는 듯 말없이 어깨를 두드려 주었다.

그의 눈동자는 정말 시카리오 후작의 상황을 다 이해하고 있는 것 같았다.

전생의 무능력했던 자신.

동생들에 비해 어떤 힘도 없이 최악의 상황에서 제국을 이어받을 때, 황궁이 무너지고 도망치는 와중에 느꼈던 감정들. 그것과 비슷한 감정을 지금 시카리오 후작이 느끼고 있었다.

"그대는 충분히 도움이 되고 있어. 그러니 내가 콕 집어서 그대를 이곳에 데려왔지."

그렇게 말하며 카리엘이 시카리오 후작을 위로할 때였다.

쿵!

무언가 부딪치는 소리와 함께 소형기 일부가 부서지는 소리가 들렸다.

"……결계인 것 같습니다."

글렌의 말에 카리엘이 하늘을 바라보았다.

하나뿐이라면 깨뜨리고 공중으로 날아오를 법하지만, 수십 겹으로 이루어져 있기에 그러기가 어려웠다.

무엇보다 아직 기술 부족으로 높이 날아오를수록 기체가 버틸 수가 없었다.

"여기서부턴 걸어가야겠네."

그렇게 중얼거린 카리엘이 산의 중턱으로 소형기를 몰았다. 기술 부족으로 착륙 기술을 제대로 적용시키지 못한 소형기는 그대로 산에 돌진하여 처박혔다.

작은 폭발과 함께 산산조각 난 소형기.

평범한 인간이었다면 시신의 형체조차 제대로 찾지 못할 폭발 속에서 온전히 걸어 나온 카리엘과 두 검사들.

"괴물은 괴물이네."

아스가르드로 가는 길을 막기 위해 달려든 수많은 과거의 잔재들을 박살 내면서 올라가는 마왕.

그로 인해 마왕이 뚫은 길에는 형체를 알 수 없는 살점들로 가득한 상황이었다.

문제는 마왕이 너무 빨리 올라가는 바람에 산 주위에는 아직도 과거의 잔재들이 많이 남아 있다는 점이었다.

"저들을 뚫고 가야 하네. 할 수 있겠나?"

카리엘의 물음에 두 검사가 굳은 표정으로 고개를 숙였다.

"믿겠다."

그렇게 말한 순간 가장 먼저 글렌이 움직였다.

검이 뽑히는 순간, 공간이 일렁이면서 일직선상에 있는 거인들이 무너졌다.

하지만 그들 역시 신화시대에 이름을 날렸던 자들인 만큼 단번에 죽지 않았다. 다리가 베여도 믿을 수 없는 재생력으로 다시 붙으려 했으나, 공간마저 가르는 참격에 결국 하나둘 무너져 내렸다.

"역시…… 차이가 있나?"

뒤에서 글렌이 싸우는 것을 지켜보는 카리엘이 심각한 표정을 지었다.

빠르게 전생의 경지에 가까워지는 글렌이었으나 마왕이 보인 압도적인 힘에 비하면 부족한 게 많았다.

하지만 그나마 글렌이 있기에 희망을 걸어 볼 수 있는 것이다.

"……후작."

한때 이그니트 최강의 검으로 군림하던 그였으나 과거의 잔재 하나를 두고도 어려움을 겪는 그와 앞서 나가는 글렌의 차이는 명확했다.

무언가 감을 잡았다고는 하지만 결국 벽을 뚫지 못한다면 과거의 잔재 하나를 두고도 애를 먹을 수밖에 없었다.

고대부터 지금까지 수많은 영웅 후보들이 있었지만 결국 전설로 기록될 영웅들이 손에 꼽을 만큼 적은 것에는 다 이유가 있는 것이다.

-지켜만 볼 거냐?

어느새 나타난 수르트의 말에 카리엘이 고개를 끄덕였다.

자신의 힘은 무한이 아니었다.

한때 무한에 가깝다고 착각했던 적이 있었다.

몸이 버티질 못할 뿐, 화기는 무한에 가깝다고 생각했다.

하지만 그건 착각이었다.

헬과 싸웠을 때, 신의 반열에 이른 자를 상대하기엔 자신의 힘이 부족함을 겪었기 때문이다.

그렇기에 최대한 아껴 마왕과의 결전에 모든 힘을 쏟을 생각이었다.

"헉…… 헉…… ."

산을 오를수록 지쳐 가는 시카리오 후작.

그럼에도 불구하고 그는 포기하지 않았다.

한때 최강의 검으로 군림했던 그의 자존심이, 성국을 상대로 홀로 제국을 지켜 내던 그의 굳건한 마음이 버티게끔 했다.

마왕과 달리 점점 지쳐 가는 글렌과 시카리오 후작이지만, 카리엘은 힘을 발현하지 않았다.

ㅡ점점 성장하는군.

수르트의 말대로 글렌은 성장 중이었다.

여전히 마왕처럼 압도적이진 않지만, 더 깔끔한 검격, 그리고 효율적인 힘의 운용으로 처음 산에 오를 때보다 지치는 기색이 사라졌다.

그리고 그건 시카리오 후작 역시 마찬가지였다.

처음엔 과거의 잔재 하나도 상대하기 버거워하던 그였지만 어느새 둘 이상을 몰아붙이기 시작하면서 조금씩 그의 힘이 퍼지는 영역도 넓어져만 갔다.

-슬슬 우리가 나설 타이밍인 것 같은데?

"그래."

인간의 힘은 무한하지 않다.

그건 육체 역시 마찬가지다. 아무리 마스터급 존재들이 인간 같지 않은 힘을 보인다고는 하지만 엄연히 한계가 존재했고, 그건 그랜드 마스터 역시 마찬가지였다.

연이어 강자들을 상대하며 지친 이들을 대신해 카리엘이 처음으로 발휘했다.

어느새 소환된 거대한 소환체들이 앞을 가로막았다.

"쉬고 있게."

글렌과 시카리오 후작을 바라보며 말한 카리엘은 산 아래를 내려다보았다.

멀리서 비공선들과 마족들이 계속해서 싸우고 있었다.

며칠 동안 쉬지 않고 싸우는 병력들.

한쪽이 싸우다 지치면 그 빈틈을 노리고 다른 곳이 공격해 들어오고, 그로 인해 빈자리를 또 다른 부대가 공격하는 것의 반복.

그러다 보니 거대한 전선 전체가 쉬지 않고 전투를 이어나갔다.

카리엘과 두 검사가 밤낮없이 산을 오르며 과거의 잔재들을 베어 나가는 것과 마찬가지였다.

"폐하, 준비되었습니다."

"좀 더 쉬지 않아도 되겠나?"

카리엘이 아직 지쳐 보이는 글렌을 보면서 걱정스레 묻자 그가 고개를 끄덕였다.

그리고 그건 시카리오 후작 역시 마찬가지였다.

두 사람이 다시금 검을 손에 쥐자 빠르게 소환체를 역소환한 카리엘이 소모된 힘을 보충하기 위해 눈을 감았다.

그렇게 두 사람이 지치면 카리엘이 움직이고, 힘이 회복되면 카리엘이 힘을 회복하며 뒤따르기를 반복했다.

그러는 사이 글렌은 빠르게 성장해 나갔다.

반면에 시카리오 후작은 무언가 막힌 듯, 어느 시점부터는 기존보다 못한 검술을 펼쳤다.

그로 인해 과거의 잔재들에게 얻어터지면서 내상까지 입는 후작.

보다 못한 카리엘이 힘을 사용하려 했지만, 수르트는 단호하게 고개를 저었다.

-놔둬.

수르트가 그렇게 말하면서 글렌을 바라보았다.

그러자 그 역시 고개를 끄덕이며 수르트의 말에 동의했다.

그가 기존에 고수하던 검의 길이 흔들리고, 내상까지 입었음에도 입술을 깨물며 버티는 후작.

점점 수세에 몰리면서 그가 갖고 있던 한 줄기 이성마저 날아갔을 때, 그의 몸에서 퍼져 나오는 검은 그림자들.

어느새 카리엘과 글렌마저 집어삼키려드는 오러를 보면서 글렌이 황급히 카리엘을 데리고 앞으로 치고 나갔다.

"저희는 먼저 움직이는 게 좋겠습니다."

글렌의 말이 끝나는 순간, 저 멀리 아스가르드에서 거대한 충돌이 일어났다.

힘의 파장만으로 아래에서 일어나는 전장이 잠시 멈출 정도로 강력한 파장.

그것을 가까이서 느낀 카리엘이 심각한 표정으로 시카리오 후작을 바라보다 고개를 끄덕이고는 빠르게 앞으로 치고 나갔다.

힘은 충분히 아꼈다.

그러니 이제는 달릴 때였다.

쿠웅!

또다시 퍼져 나가는 강력한 충격파.

그것으로 마침내 마왕과 신의 반열에 든 자들의 전투가 시작되었음을 느낀 카리엘과 글렌이 빠르게 올라갔다.

수르트의 위에 올라탄 카리엘과 글렌이 산을 오르면서 주변에서 덤벼드는 자들을 대충 털어 내면서 올라가는 데 집중했다.

아스가르드에서 일어난 충돌 때문일까?

힘이 약한 잔재들이 혼란에 빠지며 거대한 산에서 벗어나려 했다.

-괴, 괴물…….

위에서 무엇을 본 것인지는 몰라도 날개를 가진 여인 전사가 도망쳤다.

그리고 그건 다른 이들 역시 마찬가지였다.

거인, 용, 요정까지 아스가르드에서 벗어나려 했다.

이미 신들의 대지를 감싼 결계는 박살 난 지 오래였다.

-고작 이것이냐! 이것이 신들이란 말이냐!

산 아래까지 들려오는 마왕의 고성과 함께 또다시 강렬한 충돌이 일어났다.

아스가르드를 구성하던 대지 일부가 부서지면서 아래로 떨어지고, 부유섬들은 힘의 여파를 감당하지 못하고 추락했다.

그러는 사이 카리엘과 글렌이 마침내 신들의 대지로 들어가는 계단에 도착했다.

퍽!

아래로 떨어지는 누군가의 머리가 대지와 부딪히자 터져나갔다.

한때 신으로 추앙받던 자의 과거의 잔재.

계단을 오를 때마다 떨어지는 시체들을 뒤로하고 마침내

정상에 도착하자 여기저기에 널린 거인들의 시체가 보였다.

그리고 저 멀리 신들을 홀로 상대하는 마왕이 보였다.

"이길 수 있겠어?"

"목숨을 걸고 막겠습니다."

카리엘의 물음에 글렌이 굳은 표정으로 답했다.

산을 올라오는 며칠 동안 더욱 성장한 글렌이지만, 여전히 마왕의 압도적인 힘에 비하면 약하기만 했다.

하지만 그럼에도 불구하고 해내야 했다.

그때 저 멀리 신들과 싸우던 마왕이 마침내 도착한 카리엘과 글렌을 보고 빙그레 미소를 지었다.

-크하하하하!

광소를 터뜨리는 마왕.

자신이 힘을 빠질 때를 노릴 것임을 알고 있음에도 유희를 위해 일부러 이 상황을 만든 마왕.

그런 그가 자신을 향해 달려드는 신들을 향해 마기를 응축해 터뜨렸다.

-이놈들이 죄다 죽기 전에 오거라.

그렇게 말한 마왕이 하늘을 향해 손을 뻗었다.

그 순간, 하늘에서 떨어지는 검은 벼락.

그것을 본 카리엘과 글렌의 눈이 커다랗게 떠졌다.

힘의 위력은 마왕이 발현한 것치고 분명히 약했다. 그럼에도 그들이 놀란 이유는 바로 마기가 느껴지지 않는다는 점 때문이었다.

"신으로 향하는 길을……."

"아직은 아니야."

그렇게 말한 카리엘을 글렌이 빤히 바라보더니 검을 뽑아 들었다.

아직 마왕은 신이 되지 않았다.

그렇다면 막아야 했다, 아직 기회는 있으니…….

그런 그들을 막는 존재들이 있었다.

마왕의 강력한 힘에 굴복한 과거의 잔재들.

그들을 보면서 카리엘과 글렌의 표정이 굳어졌다.

마왕은 지금 게임을 하고자 하는 것이다.

'내가 신이 되는 게 빠를까? 너희가 여기에 도달하는 게 빠를까?'

'나를 막을 수 있을까?'

'더 성장해라. 그리하여 나를 즐겁게 하라!'

이 모든 메시지를 자신들의 앞을 가로막은 과거의 잔재들을 통해 읽을 수 있었다.

분명 뻔히 보이는 의도였지만 카리엘과 글렌은 마왕의 의도에 놀아날 수밖에 없었다. 마왕이 자신들의 계획을 알아도 당해 주었듯, 이번엔 자신들이 그리할 차례였기 때문이다.

"단번에 뚫고 가자."

-그래.

어느새 거대한 모습을 드러낸 수르트.

그를 중심으로 양옆에 스콜과 아그니가 모습을 드러냈다.

-가름은?

"아직."

수르트의 물음에 카리엘이 단호하게 고개를 저었다. 가름의 소환은 힘의 소모가 너무 컸다.

무엇보다 지옥과 직접적으로 관련된 일이 아닌 이상 힘의 제약도 컸다.

거기다 현재의 가름은 지옥을 안정화하는 일을 하고 있었다. 그렇기에 결정적인 순간에 사용해야 했다.

그렇게 비장의 무기를 아낀 채 글렌과 함께 마왕을 향해 움직이는 카리엘.

그런 둘을 보고 재밌다는 듯 웃으면서 신이라 불렸던 과거의 잔재들을 상대하는 마왕.

긴 삶을 살아온 마왕의 인생에서 지금보다 재밌는 순간은 없었다.

아마 자신이 신이 된다고 해도 다시는 이런 순간을 겪지 못하리라.

그렇기에 인간들이 성장하기를 기다리고, 신들 역시 협공하도록 기다려 주었다.

그런 마왕의 오만함을 노리고 거대한 빛의 창이 날아들었다.

쿠웅!

—마신인가?

거대한 폭음과 함께 마침내 모습을 드러낸 외눈의 노인.

한때 주신이라 추앙받았으며, 마족들을 탄생시킨 마신이라 불리는 존재.

오딘이 등장했다.

뒤에선 인류의 영웅들이.

앞에선 신들이 자신을 노리는 상황.

그럼에도 불구하고 마왕은 웃었다.

—크하하! 그래! 이거다! 이거야!

목숨이 위험한 상황에서도 희열을 느낀 마왕은 최후의 전투를 위해 모든 힘을 짜내기 시작했다.

마왕이 뒤를 생각하지 않고 모든 힘을 쥐어짜 내자 이제까지와는 차원이 다른 힘이 발현되었다.

마치 신화시대의 신이 재림한 것 같은 압도적인 무력.

하지만 오딘은 달랐다.

—마신의 잔재는 다르다 이건가?

그렇게 중얼거린 마왕이 외눈박이 늙은이를 바라보았다.

극한까지 쥐어짠 힘에도 신묘한 창술로 흘려 내고, 빛을 이용한 공격으로 마왕이 전력으로 자신을 공격하지 못하게

끔 견제했다.

거기다 모든 마법의 기원이라 불리는 룬의 문양이 발현되면서 마왕의 힘을 억눌렀다.

-마법의 신. 폭풍의 신. 지혜의 신. 뇌전의 신.

수많은 이명을 가지고 있는 오딘답게 엄청난 힘의 차이임에도 불구하고 마왕을 상대로 버티고 있었다.

분명 다재다능한 오딘이지만 압도적인 힘의 차이를 버틸수 있는 건 다양한 힘을 사용하기 때문만이 아니었다.

오딘을 상징하는 모든 이명이 그의 힘에 반영되었기 때문이다.

콰아앙!

룬문자로 만들어진 방어막에 가로막힌 마왕의 주먹.

분명 힘의 차이는 극명했다.

여러 겹으로 마왕의 힘을 상쇄시켰음에도 불구하고 깨졌어야 할 방어막.

그것이 이렇게 버티고 있는 이유는 알 수 없는 힘이 마왕의 힘을 다시 한번 가로막았기 때문이다.

-……이것인가?

마왕이 자신을 가로막는 힘을 바라보다가 자신의 주먹을 바라보았다.

분명 자신한테서 비롯된 힘이었는데 룬문자에 닿는 순간 자신에게 반하는 힘으로 바뀌어 버렸다.

'마신'.

마족들의 창조주라고도 불리는 오딘의 이명은 거짓이 아니었다.

그는 마기라는 마족들의 힘의 근본을 장난감처럼 가지고 놀았다.

마기의 근본은 마신에서 비롯되는 마족들의 옛 속담처럼 정말로 오딘에게 종속된 것 같은 움직임을 보이는 마기들.

그렇게 마왕의 마기 일부마저 자신에게 가져온 오딘이 마왕을 보며 비웃었다.

마치 '너는 평생 이것에서 벗어날 수 없다!'라고 말하는 것처럼…….

그것을 보면서 마왕이 피식 웃었다.

진짜 신도 아니었다.

고작 과거의 잔재에 불과한 존재가 자신을 농락하려 하고 있었다.

─……다 웃었냐?

그렇게 말한 마왕이 온 힘을 다해 마기를 내뿜자 하나의 형상이 만들어지기 시작했다.

마스터급에 이른 무투가가 만들 수 있는 자신만의 형상.

그것을 넘어 그 형상이 마왕의 전신을 그대로 덮었다.

거대한 뿔부터 날개, 꼬리까지 어렸을 적 마왕이 꿈꿨던 마족의 최종 진화 형태가 마기를 통해 만들어졌다.

그리고 그 순간, 오딘의 룬 마법은 더 이상 마왕을 상대로 제 위력을 발휘하지 못했다.

파캉!

단번에 깨져 나가는 오딘의 마법.

동시에 그가 자신하던 창술 역시 마왕의 힘을 견디지 못했다. 마기를 근원으로 삼은 마왕의 힘이 자신의 통제력을 완전히 벗어나자 당황하는 오딘.

─신의 힘이란 게 고작 이런 것이었나?

그렇게 중얼거린 마왕이 주먹을 휘둘렀다.

오딘이 가진 힘이 차례대로 박살 나면서 마왕의 힘은 점점 자유로워졌다.

아닌 척하고는 있었지만 마음속 어딘가에 남아 있었던 '마신'을 상대해야 한다는 부담감이 점점 사라져 갔다.

자신을 창조한 '마신'에 대한 존경심도 사라져 간다.

그럴수록 마왕의 힘에는 알 수 없는 힘이 깃들기 시작했다.

그러자 그것을 본 과거의 잔재들은 기겁하며 마왕을 향해 달려들었다.

이대로 놔둔다면 자신들이 멸절할 것임을 알았기 때문이다. 이번엔 유물조차 남기지 못하고 완전히 사라지리라.

그렇기에 모두가 마왕을 막고자 했다.

-그래, 와라!

마신을 비롯한 신이라 추앙받던 이들을 모조리 박살 낼 기세로 고함을 지르는 마왕.

-과거의 흔적들을 모조리 치워 버리고 마족은 새로 태어날 것이다!

그렇게 외친 마왕의 눈에는 강렬한 분노가 담겨 있었다.

마족이라면 누구나 알고 있는 힘의 논리.

강자가 최고라는 논리.

마계의 어떤 율법보다 우선되는 힘의 논리에서 벗어나는 존재가 있었다.

마계의 창조주 마신!

세계수를 통해 만들어진 세계가 아닌 오딘이 척박한 대지에 만들어 낸 마계.

그리고 그곳에 살던 생명체들을 마기로 변화시켜 만든 존재가 바로 마족이다.

그렇기에 그를 모시는 사제들, 마신의 유물을 애지중지하는 제사장들은 아직까지도 권한이 엄청났다.

언제가 부활할 마신을 위함이라는 명분.

그것 하나로 마계 내에서 기생충처럼 권력을 쥐고 살아가는 쓰레기들.

역대 손꼽히는 재능으로 가장 강력한 마왕이 되었음에도

굽히지 않는 버러지 같은 존재들.

그들을 박멸한다 하더라도 어디선가 또 탄생하리라.

그래서 마왕은 계획했다.

-내가 신이 되겠다!

과거의 존재를 그리워하며 마계를 좀먹는 쓰레기들을 완전히 쓸어 버리기 위해서라도 자신은 신이 되어야 했다.

더 강력한 존재.

온전히 힘과 능력만이 우선이 되는 세상을 만들기 위해서라도 그는 신이 되어야 했다.

그렇기에 더욱 강함을 추구했다.

평생을 강함을 쫓아왔기 때문일까?

생사를 넘나드는 전장 그 자체가 그에게는 유희가 되었다.

힘에 미쳐 갈수록 더 강렬한 자극이 필요했다. 하지만 마계를 평정한 시점에서 그에게 자극을 줄 존재는 없었다.

그렇기에 대륙으로 넘어왔다.

-아…….

한쪽 팔이 사라진 오딘이 거대한 마기의 주먹을 보면서 절망 어린 표정을 지었다.

다른 과거의 잔재들 역시 마찬가지였다.

신의 반열에 오르려는 마왕.

격렬한 전투 속에서 읽은 그의 의지는 바로 '과거의 잔재들의 멸절'이었다.

오직 힘과 능력이 우선시되는 새로운 세상을 여는 데 과거의 것들은 더 이상 필요가 없었다.

그렇기에 겨우 부활한 그들은 마왕이 신이 되는 순간 흔적도 남기지 않고 소멸하리라.

－너희들을 죽이고 신이 되겠다!

그렇게 말하며 과거의 잔재들을 모조리 박살 냈다.

신이라 추앙받던 잔재들을 죽여 나갈수록 마왕의 힘은 점차 과거의 잔재들처럼 변해 가기 시작했다.

그리고 마침내 오딘마저 무너뜨리며 마왕의 힘이 완전히 변화하려 할 때였다.

갑자기 나타난 거대한 불의 폭풍이 마왕을 감쌌다.

동시에 공간을 가르는 하나의 참격이 마왕을 향해 날아들었다.

콰드득!

마기로 이루어진 마왕의 팔 일부를 공간과 함께 뭉개 버리는 강력한 일격.

하지만 그게 전부였다.

인류 최강이라 불리는 글렌의 전력을 다한 일격이 고작 마왕의 마기 일부를 소멸시키는 것으로 끝이었다.

그러나 지금은 그걸로 충분했다.

-늦지 않게 왔군.

신의 반열에 오를 수 있는 순간을 방해받았음에도 미소를 짓는 마왕.

-그래. 마지막은 이래야지.

자신이 점찍었던 두 명의 인간.

카리엘과 글렌이 자신의 앞에 서자 빙그레 미소를 지었다.

그새 성장한 글렌과 아꼈던 힘 모두를 개방하며 하늘로 날아오른 카리엘의 힘은 마왕을 만족시키기에 충분했다.

신의 힘을 사용한 과거의 잔재들보다 순수하게 강력한 힘을 보유한 이들이 좋았다.

자신이 신이 되는 걸 막을 수 있을까?

아니면 막지 못하고 절망할까?

이것을 지켜보는 것 자체가 재밌었다.

-제법.

거대한 불의 거인이 내지른 주먹을 막아 내면서 미소를 지은 마왕.

동시에 양옆에서 거대한 늑대와 불의 정령이 쏘아 낸 화염이 날아들었지만 기합과 함께 온몸에서 방출되는 마기로 막아 냈다.

카리엘의 소환체들을 시작으로 본격적인 전투가 시작되자 안 그래도 무너져 가던 아스가르드가 빠르게 붕괴되어 갔다.

여기저기 균열이 일어나는 와중에도 격렬한 전투를 이어

나가는 마왕과 두 명의 인간.

하지만 이미 벽을 뚫기 시작한 마왕과 카리엘과 글렌의 차이는 너무 컸다.

-겨우 이것이냐! 이 힘으로 지옥의 여신을 잡은 건가!

실망감이 담긴 마왕의 목소리.

바로 그때, 상공에서 잿빛 기운이 일렁이면서 거대한 개 하나가 마왕을 물어뜯었다.

-크르릉!

-그래! 네가 지옥의 수문장이구나!

마침내 모습을 드러낸 거대한 개.

지옥에서 바로 넘어온 가름.

과거의 잔재와 달리 생전의 힘을 상당 부분 사용할 수 있었지만 그 역시 한 번은 죽었던 몸.

게다가 많은 시간이 흘러 신을 물어뜯던 위용은 더 이상 기대할 수 없었다.

그렇기에 가름 역시 마왕을 상대로 밀려났다.

-이게 끝인가!

광소를 터뜨리면서 말하는 마왕.

하지만 카리엘과 글렌은 연신 땀을 흘릴 뿐 대꾸할 수 없었다.

마왕의 힘에 튕겨 나가도 다시금 달려드는 것이 그들이 할 수 있는 전부였다.

산을 오르면서 또 한 번의 성장을 이룬 글렌.

지옥에서 성장하고 헬을 죽이며 성장을 이룬 카리엘.

둘이 전력을 다하고 있음에도 불구하고 그저 버티는 게 전부였다.

이대로라면 결국 마왕을 막지 못할 것이다.

신의 반열에 오르는 것을 저지했다고는 하지만, 자신들이 여기서 패한다면 결국 인류는 끝이었다.

그렇기에 악착같이 버텼지만 결국 한계가 찾아왔다.

"쿨럭!"

"글렌!"

피를 토하며 뒤로 튕겨 나가는 글렌.

하지만 남 걱정할 때가 아니었다.

'깨갱!' 소리를 내면서 무너지는 가름을 시작으로 카리엘의 소환체들 역시 하나하나 무너져 갔기 때문이다.

어떻게든 시간을 벌기 위해 모든 힘을 쏟아부어 화염의 폭풍을 만들어 냈지만 마왕이 마기를 폭사하는 것만으로 폭풍이 소멸되었다.

"헉…… 헉…… ."

지친 표정으로 마왕을 바라보는 카리엘.

그에 반해 여전히 압도적인 힘을 발휘하는 마왕.

하지만 카리엘의 눈동자는 아쉬움이 담겼다.

'분명 처음과는 다르다.'

마왕 역시 지친 것일까?

미세하지만 처음과 다르게 마왕을 감싼 마기의 형상이 일 그러져 있는 것이 보였다.

마음 같아선 마스터들이라도 불러서 마왕을 막아 줬으면 싶지만, 이미 아스가르드 주변에 일렁이는 힘의 파장은 그랜 드 마스터급이 아니면 버틸 수 없을 정도였다.

-……아쉽군.

앞으로는 없을 대적자들을 보면서 아쉬운 표정을 짓는 마 왕.

하지만 이젠 끝낼 때가 왔다.

이들을 죽임으로써 신의 반열에 올라 강자존의 세계를 만 들 것이다.

잠시 지루함을 달래 주었던 유희를 끝낼 생각이 주먹에 힘 을 집중하는 마왕.

한계까지 압축된 마기가 터져 나오는 순간, 아스가르드와 함께 카리엘과 글렌의 몸은 흔적도 없이 사라지리라.

바로 그때, 하늘에서 검은 그림자들이 마왕을 향해 쏟아져 내렸다.

-하나가 더 있었나?

마왕이 의외라는 표정으로 눈앞에 나타난 남자를 바라보 았다.

예정에 없던 자.

하지만 그로 인해 카리엘과 글렌은 살 수 있었다.

다급히 몸을 회복하면서 몸을 일으켜 세웠다.

"늦어서 송구합니다."

"아니, 덕분에 살았네."

고개를 숙이는 시카리오 후작이었으나, 그로 인해 소중한 기회를 한 번 더 얻은 카리엘과 글렌은 그에게 고마움을 느끼고 있었다.

"그대가 준 소중한 기회로 저자를 막아 보지."

"예."

고개를 숙이며 대답한 시카리오 후작이 움직였다.

내상을 입은 글렌과 카리엘 대신 멀쩡한 자신이 먼저 움직인 것이다.

그랜드 마스터에 이른 것을 증명하듯 마치 사람처럼 움직이는 그림자들이 셀 수 없을 정도로 많은 검은 참격을 만들어 내면서 마왕을 압박했다.

글렌처럼 결정적인 한 방은 부족했지만, 마왕의 힘을 갉아먹기엔 충분했다.

오히려 지금처럼 힘이 불안정해지기 시작한 마왕에겐 시카리오 후작이 딱 좋았다.

"2차전이다."

그렇게 중얼거린 카리엘이 화염을 일으키면서 다시 달려들었고, 뒤이어 글렌이 검을 꽉 부여잡고 허공에 휘둘렀다.

그러자 그 과정에서 아스가르드는 과거의 잔재들이 모조리 죽어 나가며 더 이상 존재를 유지할 수 없게 되어, 완전히 붕괴되었다.

구름 위에 있던 드높은 대지에서 추락하는 마왕과 세 명의 인간들.

그러나 그들의 싸움은 추락하는 와중에도, 그리고 높은 산에 정상에 도착해서도 멈추지 않았다.

높은 설원을 모조리 녹여 버릴 정도의 화염과 산을 베어 버릴 검격, 산 곳곳을 베어 내는 수만 개의 참격.

그리고 거인의 산맥 일부를 날려 버릴 강력한 공격.

이 모든 것이 어우러지면서 과거의 잔재들이 만들었던 드높은 산이 무너져 내리기 시작했다.

그렇게 며칠 동안 이어진 전투에 거인의 산맥의 지형들이 변화했다.

신화시대에 기록될 법한 격렬한 전투.

그리고 마침내 대지를 진동시키던 그 전투가 끝을 맺었다.

―……끈질기구나.

막강했던 마기는 흔적도 없이 사라지고 맨몸으로 카리엘을 바라보며 서 있는 마왕.

하지만 그는 양반이었다.

피를 토하며 쓰러진 글렌과 시카리오 후작.

그리고 모든 소환체를 역소환한 채로 온몸에 피를 흘리며

서 있는 카리엘.

"……졌으면 빨리 쓰러져라."

멀쩡해 보이는 마왕에게 온몸이 만신창이가 된 카리엘이 말하는 것이라고는 도무지 생각되지 않는 발언.

하지만 카리엘의 말을 들은 마왕은 피식 웃더니 천천히 무너져 내렸다.

─……그래. 너희가 이겼다.

그가 그토록 바랐던 신이 되는 길.

목표를 목전에 두고 막혀 버렸음에도 마왕은 웃었다.

그의 생에 있어 가장 격렬한 전투였고, 무엇보다 강자존의 법칙에 의하여 결판이 났기 때문이다.

결국 힘이 풀린 다리로 주저앉아 버린 마왕을 향해 카리엘이 화염을 일으켰다.

만약의 상황에서라도 살아날 수 없도록 남은 모든 걸 쥐어짜 내 거대한 화염구를 일으켜 날렸다.

바로 그때였다.

콰드득!

─……넌.

마왕의 앞을 가로막은 한 명의 흑마법사.

"이대로 죽으면 안 됩니다!"

─…….

"공평하게 강함과 재능 있는 자들을 위한 세상을 만든다 약속하지 않았습니까!"

분노한 표정으로 외치는 흑마법사의 말에 마왕의 머릿속에 이 남자를 처음 만났을 때가 떠올랐다.

이제는 마계에서 사라진 오래된 마법진으로 자신에게 말을 걸었던 흑마법사.

그의 꿈이 마음에 들었고, 자신의 오랜 야망과 맞닿았기에 했던 오랜 약속이 떠올랐다.

"약속을 지키십시오!"

피를 토하면서 카리엘의 힘을 막아 내며 말하는 흑마법사의 수장.

그런 그를 보면서 마왕이 피식 웃었다.

-만약…… 살아남는다면…… 그리해 주마.

그렇게 말하면서 눈을 감은 마왕.

그의 숨은 거의 끊어지기 일보 직전이었다. 애초에 카리엘의 마지막 일격이 아니었더라도 죽음을 목전에 둔 상황이었다.

그런 그라도 살리기 위해 이를 악문 흑마법사는 기어코 카리엘이 쥐어짜 낸 화염을 막아 냈다.

"쿨럭! 쿨럭!"

카리엘은 자신의 힘을 죽을 각오를 하고서라도 막아 낸 흑마법사의 수장을 보면서 씁쓸한 표정을 지었다.

대체 어떤 과거가 있기에 이리도 인간을 증오하는지 궁금

할 뿐이었다.

　그러나 카리엘은 그에게 물을 수 없었다.

　온 힘을 쥐어짜 내 날린 일격이기에 더 이상 남은 힘이 없었기 때문이다.

　그렇게 감겨 오는 눈꺼풀과 의식 속에서 멀리서 익숙한 음성이 들려왔다.

　"폐하! 폐……하! ㅍ……."

　마지막 힘을 날린 후 완전히 의식이 꺼진 카리엘.

　그런 그를 지키기 위해 몰려든 이그니트의 군대.

　그리고 반죽음 상태가 된 마왕의 육체만이라도 데려가기 위해 몰려든 마왕군.

　두 세력이 다시금 충돌하면서 훗날 '최후의 전쟁'이라 불리는 대전투는 막바지로 접어들었다.

다음 권으로 이어집니다